Bordesholmer Edition 2016
Band 20

Leseanleitung

Lieber Leser!

Sie meinen, die Lektüre eines Bühnenstücks sei weniger unterhaltsam als das Lesen eines Romans oder einer Erzählung? Probieren Sie es aus! Machen Sie sich einen Theaterabend:

Wenn Sie dieses Schauspiel bei der Lektüre wie ein Theaterstück erleben wollen, sollten Sie vor jeder Szene und vor jedem Auftritt der Schauspieler die Bühnen- und Regieanweisungen aufmerksam lesen, sich die Bühne und die Schauspieler bildlich vorstellen und erst dann - vor diesem Hintergrund - den Text lesen, den die Schauspieler sprechen.

Setzen Sie sich dabei gemütlich hin, wie wenn Sie im Parkett des Theater wären, lassen Sie sich Zeit, und vergessen Sie alles um sich herum.

Vier Männer

Bühnenstück von Hartmut Wiedling

Personen:

Martin	Philosoph
Axel	Designer, eigenes Foto-Atelier
Dani	Mediziner, jobbt bei Versicherung
Utz	Psychologe, hat reiche Eltern

Alle vier an der Doktorarbeit.

Lucy	Brasilianische Friseurin
Donata (erst später)	Lucys Tochter, Donna genannt

Während des ganzen Stücks das gleiche, nur geringfügig modifizierte
Bühnenbild:
Atriumartiger Raum mit vier Türen, die Zugänge zu den vier Wohnungen von Martin, Axel, Dani und Utz sind. An der Türe ganz rechts ein Hinweis: *Fotoatelier*. Symbolisch daneben ein Stativ mit Kamera.
Öffnet sich eine Türe, wird der Blick in das jeweilige Wohnungsinnere frei.

1. Szene – Lucy statt Brautpaar - Selfie

Bühnenbild: Vorraum mit 4 Türen mit Türschildern: „Dani", „Martin", „Utz" und „Axel".
Bühne zwei Minuten lang leer. Etwas Gerümpel vor der Tür. An der Seite drei Mülleimer mit Aufschrift „Papier", Gelb", „Rest"
Tür von Axel öffnet sich: Axel. Schaut auf die Uhr. Axel schaut suchend umher, dann in den Zuschauerraum:

Axel (Designer): **Es wird Zeit. 20 Uhr soll's losgehen, hatten wir gesagt.**
Schaut sich dann auf der Bühne suchend nach erwarteter Kundschaft für ein Foto um.

Axel (Designer): **Ich hasse Unpünktlichkeit. Noch dazu beim Termin für das Hochzeitsfoto. Kein Benehmen mehr, die Leute. Proleten.**
Schaut in den Zuschauerraum:

Axel (Designer): **Nein. Ich meine nicht Sie. Sie sind ja da. Und die anderen hier ja auch. Ein Glück, dass Sie gekommen sind. Wär ja sonst auch blöd. Könnten wir ja gleich nach Hause gehen, Harz-IV kassieren.**
Pause. Schaut gezielt in den Zuschauerraum.

Axel (Designer), stirnrunzelnd: **Oh! Da vorne ist ein Platz leer geblieben. Schade eigentlich.**
Erwartet eine Antwort. Falls keine kommt, deutet er auf einen leeren Platz in der zweiten Reihe.

Axel (Designer): **Ja richtig. Hier vorne. Oder sitzt da ein Kleinkind? Kann ich nicht so genau erkennen. Wegen des Vordermanns.**
Leuchtet mit der Taschenlampe auf einen leeren Platz

Axel (Designer): **Nee, ist wirklich frei. Sehr bedauernswert. Ist aber auch egal. Dann eben nicht. Hat wohl jemand was Besseres gefunden. Denkt er. - Oder sie. Ist wohl woanders hingegangen. Oper oder so.** (trällert belustigt, mit lächerlicher Grimasse eine Opernmelodie, z.B. „Wie eiskalt ist dies Händchen"). Dann wieder zum Publikum gewandt:

Axel (Designer): **Beginnen wir halt ohne ihn! - Oder sie.**
Geht zurück, zögert einen Moment, geht dann zu seiner Tür und verschwindet.
Zwei Minuten Pause. Dann kommt eine hübsche, südländisch anmutende junge Dame (im Wahrheit Lucy) in den Zuschauerraum. Schaut auf ihre Karte und zwängt sich durch zu dem freien Platz. Dreht sich zum Hintermann um. Südländischer Akzent:

Lucy: **Hat ja doch noch nicht angefangen. Und ich dachte schon, ich bin zu spät.**

Setzt sich auf den freien Platz in der zweiten Reihe.
Pause. Ein Handy klingelt. Lucy rührt sich nicht. Dann doch: Lucy wühlt in der Handtasche und kramt ihr Handy hervor.

Lucy (zu sich selbst): **Oh. Ist meins.**
Lucy nimmt das Handy an Ohr.

Lucy: **„Ja?"** - **„Ach du bist es. Nee, ganz, ganz schlecht. Bin im Theater. Nein, nicht so schlimm, hat noch nicht angefangen. Soll aber gleich losgehen. Ja, hast ja Recht. War mal wieder so eilig. Hab vergessen, es auszustellen. Tschüssi!"**
Stille. Axel kommt wieder auf die Bühne. Schaut sich suchend um.

Axel (Designer): **War da jemand?** - horcht - **Hab mich wohl getäuscht. Immer noch nicht. Ob sie es nicht finden?** — ruft fragend: **Hallo! Keiner da?**
Die anderen drei Türen öffnen sich. Martin, Utz und Dani treten auf die Bühne. Sie setzen sich an einen Tisch. Axel setzt sich etwas abseits, neben seiner Zimmertür, dazu. Schweigen. Depressive Stimmung

Utz (Psychologe): **Nichts los.**

Dani (Mediziner): **Zeit, dass endlich was passiert!**
Die anderen nicken träge. Axel schaut auf die Uhr, tritt an den Bühnenrand

Axel (Designer): **Höchste Zeit.**
Die zu spät gekommene Dame in der zweiten Reihe stimmt zu:

Lucy: **Finde ich auch. Fangt endlich an!**
Erschreckt springen alle auf und verschwinden in ihren Zimmern. Pause.
Die zu spät gekommene Dame steht während der folgenden Worte langsam auf.

Lucy zu den Zuschauern gewandt: **Sagten die nicht, es soll was passieren? - Das können sie haben.**
Zwängt sich durch die Zuschauerreihe. Geht Richtung Bühne. Spricht einen Zuschauer an:

Lucy: **Kommen Sie mit? Zu zweit ist besser. Für das Hochzeitsfoto braucht er wohl ein Paar. Bin gespannt, wie er reagiert. - Keine Angst! Nein, nein. Nur fürs Foto. Müssen mich nicht wirklich heiraten. Bin ja nicht schwanger. Von Ihnen schon mal sowieso nicht.**
Versucht, den Angesprochenen mit sich zur Bühne zu ziehen.
Falls er sich weigert:

Lucy: **Feigling. Dann eben nicht.**
Falls er mitkommt, sieht sie ihn sich, noch im Zuschauerraum, genauer an.

Lucy: **Warten Sie. Nee, entschuldigen Sie. Das ist mir jetzt echt peinlich. Ich äh – ich glaube, wir passen doch nicht so recht zusammen.**

Lucy weiter zum Publikum, mit vertraulicher Geste: Will mir ja nicht das Bild verhunzen.
Gibt ihm ein Zeichen, zurückzugehen. Schaut sich im Zuschauerraum noch einmal suchend um, tut so als winke sie einem jungen Mann zu.

Lucy: Sie? Ja? Prima. Kommen Sie, das wäre toll. Würden ein gutes Paar abgeben. Fürs Foto, meine ich. Vielleicht ja auch sonst. Werden wir sehen. Vielleicht in der Pause. Ich geb Ihnen einen aus. Kommen Sie mit? Nicht? Schade.
Bevor er reagieren kann, geht sie allein auf die Bühne. Schaut auf Axels Tür.

Lucy: Na, der wird Augen machen!
Sagt nichts. Wartet.
Axel tritt wieder auf. Bleibt eine Weile bewundernd und sprachlos. Dann:

Axel (Designer): Oh! — kurze Pause - Aber ... Sie sind allein?

Lucy: Nein. Zu zweit.

Axel (Designer): Wie meinen Sie das?

Lucy: Wie ich es sage: Zu zweit. - Sie und ich.
Axel schaut auf die Uhr, dann guckt er sie fragend an.

Axel (Designer): Ich meine nur, ich hatte gedacht... ich sollte doch... ich glaube — Na ja, zu einem Hochzeitsfoto gehört eigentlich ein verliebtes Paar.

Lucy: Kriegen wir hin. Werden Sie sehen. Können Sie kein Selfie?
Macht, da vielleicht nicht alle Zuschauer wissen, was ein Selfie ist, die typische Armhaltung, wenn man sich selbst mit dem Handy fotografiert.
Lucy drängt sich mit Axel in dessen Zimmer (Atelier). Licht aus.
30 Sekunden Pause. Dann Licht an. Lucy kommt allein aus dem Zimmer. Rückt sich die Frisur zurecht. Ruft noch einmal zurück:

Lucy: Dann also bis morgen. Halb zehn. OK?

Axel (Designer): Ok. Bis morgen!
Geht ab.

2. Szene - Axel zeigt Martin das Selfie – Martins Promotion naht – Diss.-Themen

Unmittelbar anschließend. Gleiches Bühnenbild: Vorraum mit 4 Türen mit Vornamen. Axel kommt aus seinem Zimmer. Streicht sich die Frisur zurecht.

Axel (Designer): Lucy? Bist du noch da?
Lauscht in alle Richtungen
Keine Antwort. Dann etwas lauter:

Axel (Designer): Lucy!

Macht mit den Armen eine enttäuschte Bewegung: hebt beide Arme und lässt sie dann resigniert fallen.

Axel (Designer): Ist wohl schon weg.

Dann klopft er bei Martin an.

Martin (Philosoph): Herein!

Martins Zimmertür öffnet sich. Der Blick wird frei für seine Wohnung. (Vorhang hoch? Tür auf?)

Martin (Philosoph): Ach, Axel, du bist es!

Axel (Designer): Wen hattest du erwartet?

Martin (Philosoph): Niemanden. – Sag mal, hattest du nicht einen Fototermin?

Axel (Designer): Leider geplatzt. Schade. Hochzeitspaare sind immer so spendabel.

Martin (Philosoph): Und stattdessen hast du ein Nickerchen gemacht?

Axel (Designer): Wie kommst du darauf?

Martin (Philosoph): Hörte sich so an. Und eigentlich siehst du auch so aus.

Axel streicht seine immer noch etwas wirren Haare zurecht.

Axel (Designer), resigniert: Ach Martin, lass[1], das ist ein zu weites Feld. - Muss das ganze erst mal verdauen.

Martin (Philosoph): Wovon sprichst du?

Axel holt sein Handy hervor und zeigt Martin eines von Dutzenden von Selfies. Könnten, wenn möglich für die Zuschauer per Beamer sichtbar gemacht werden: Axel und Lucy in witzigen Positionen. Zum Schluss ein Hochzeitsfoto von den beiden.

Martin (Philosoph): Donnerwetter! Wirklich fast wie ein Hochzeitsfoto!

Axel (Designer): Ja. Hat was. Echt dirty.

Martin (Philosoph): Könnte eine Spanierin sein.

Axel (Designer): Brasilianerin.

Martin (Philosoph): Erzähl!

Axel (Designer): Später mal.

Martin (Philosoph): Gut. Dann später. Versprochen?

Axel (Designer): Versprochen.

Axel schaut auf Martins Buch, nimmt es in die Hand und blättert darin.

Axel (Designer) zu Martin, auf das Buch weisend: Heidegger. Quälst du dich wieder mit deinem Namensvetter, dem neunmalklugen philosophischen Plagegeist?[2]

Martin seufzt

Martin (Philosoph): Ich zuck schon richtig zusammen, wenn mich jemand mit meinem Vornamen anredet.

Axel (Designer), ironisch, laut: Hallo, Martin!

Der Angeredete zuckt zusammen. Axel schaut in das Buch und liest laut vor.

Axel (Designer): *„Kausalität ist als gründend in der menschlichen Freiheit zu denken und die eigentliche ontologische Dimension der Freiheit wird erst erreicht, wenn Freiheit als Bedingung der Möglichkeit der Offenbarkeit des Seins des Seienden, d.i. des Seinsverständnisses, gedacht ist."*

Axel (Designer) unterbricht sein Zitat, schaut Martin an: Verstehe nur Bahnhof. Kannst du mir das vielleicht einmal ganz langsam vorlesen?

Axel (Designer) zum Publikum: Oder haben Sie das auf Anhieb verstanden? Auch nicht? Also von vorne. Ist doch ganz einfach.

Martin (Philosoph) liest ganz langsam und deutlich vor: *„Kausalität ist als gründend in der menschlichen Freiheit zu denken und die eigentliche ontologische Dimension der Freiheit wird erst erreicht, wenn Freiheit als Bedingung der Möglichkeit der Offenbarkeit des Seins des Seienden, d.i. des Seinsverständnisses, gedacht ist."*

Macht eine Pause

Axel (Designer), laut: Sehr eindrucksvoll. Überirdisch. Echt dirty.

Martin (Philosoph): Dabei ist das noch nicht einmal Heidegger selbst, sondern nur der Kommentar des Herausgebers.

Axel (Designer), laut: Wirkt ziemlich gelehrt.

Martin (Philosoph): Soll es auch. Obwohl *der* mit Sicherheit auch gar nichts verstanden hat. Tut nur so. Verkauft sich übrigens gut, die Masche. Macht den Lesern Komplexe. Die meinen, es liegt an ihnen, wenn sie es nicht begreifen.

Axel (Designer): Versprich mir, dass du nicht auch so wirst!

Martin (Philosoph): Doch. Muss ich. Aber nur für ein Weilchen. Bis zur Doktorprüfung. Der Prof versteht übrigens mein Geschreibsel auch nicht. Nickt aber immer anerkennend. „Weiter so!" sagt er und lächelt geheimnisvoll. Ich glaube, er möchte, dass ich mich bei ihm habilitiere.

Axel (Designer): Echt dirty.

Martin (Philosoph): Mach ich aber nicht mit. Nicht auf Dauer. Nach der Doktorprüfung ist Schluss damit. Dann geh ich zur Zeitung und mache mich über all das hohle Getue lustig.

Axel (Designer): Du meinst, das ist wirklich hohl? Ich dachte immer...

Martin (Philosoph): Denken ja alle zunächst. Das ist ja gerade der Bluff.

Axel (Designer): Bluff?

Martin (Philosoph): Ich vermute, er konnte nicht anders. Heidegger meine ich.

Axel (Designer): Sagtest du ‚Konnte nicht anders'?

Martin (Philosoph): Ja. Sagte ich. Und sobald ich den Doktor in der Tasche habe, schreibe ich das auch sofort in meiner ersten Publikation. Ich meine, wenn jemand einen klaren Gedanken hat, kann er ihn auch in klarer, einfacher Sprache ausdrücken. Und da Heidegger das offenbar nicht hinbekam, hatte er vermutlich keine klaren Gedanken. Seine sprichwörtliche Unverständlichkeit wurde das Markenzeichen, das ihn bekannt gemacht hat.

Axel (Designer): Wenn du das schreibst, fliegst du.

Martin (Philosoph): Du meinst, ich soll einfach weiter mitfaseln? So tun, als wäre moderne Philosophie so tiefgründig, dass sie nur einigen Wenigen wie mir zugänglich ist, dem Redakteur (zeigt auf sich), mit dem sich das Blatt ziert?

Axel (Designer): Modern sagst du? Heidegger ist doch inzwischen ein Fossil.

Martin (Philosoph): Aber ein Prunkstück im unantastbaren Fundus der geisteswissenschaftlichen Mafia. Unverständlichkeit macht Texte für Journalisten, Doktoranden und eitle Wichtigtuer unschätzbar wertvoll. – Aber mit dem Kult werde ich aufräumen. 40 Jahre Heiligenschein sollten genügen. – Runter damit! In seiner nackten Erbärmlichkeit sollen die Leute seinen so hoch gepriesenen Prophetengeist zu sehen bekommen.

Utz und Dani treten während der letzten Satzes auch auf die Bühne.

Dani (Mediziner): Na, ihr diskutiert über Martins Doktorarbeit?

Axel (Designer): Genau. Aber keine Angst, ich bleibe lieber bei meinen Familien- und Hochzeitsfotos.

Martin (Philosoph): Hab das Thema eigentlich nur wegen Nicoles blödem Gerede gewählt. „Heidegger wirst du nie verstehen", hat sie mir an den Kopf geworfen. Und nun, nach zwei Jahren – ich meine, sie hatte ja recht - halten mich alle für einen Heideggerkenner. Sogar mein Doktorvater. Der muss im Gegensatz zu mir wohl einen Sinn in meinem Geschreibsel vermuten. Jedenfalls hat er gesagt, ich soll zusammenschreiben.

Dani (Mediziner): Wirklich? Glückwunsch! Das muss begossen werden.

Martin (Philosoph): Wenn ihr wüsstet, wie es wirklich in mir aussieht!

Dani (Mediziner) holt Gläser: Spül es runter. Lass uns einen trinken.

Martin wechselt das Thema. Macht eine Handbewegung zu Axel.

Martin (Philosoph): Ich hab das Gefühl, eigentlich Axel hat viel eher etwas begießen.

Macht eine Handbewegung wie beim Fotografieren eines Selfies.

Axel (Designer): Ok. Ich geh ja schon.

Axel geht in sein Zimmer und kommt mit einem Einkaufskorb zurück.

Martin (Philosoph): Wo willst du hin?

Axel (Designer): Getränke holen.

Dani (Mediziner): Trifft sich gut. Ich hab ein ganzes Tablett hochfeine belegte Brötchen bekommen.

Axel geht ab.

Utz (Psychologe): Bekommen?

Dani (Mediziner): Na ja. Eigentlich bin ich ja Mediziner. Aber wie ihr wisst, jobbe ich bei der KV. Und da…, nun, ihr müsst nicht alles wissen. Ist ja heute verboten. Aber ich bin sicher, es wird uns trotzdem schmecken.

Die drei Zurückbleibenden setzen sich. Die beiden Dazugekommenen sind neugierig geworden.

Utz (Psychologe) zu Dani: Wie meintest du das eben? Was hat Axel denn zu begießen? Hat er den Wettbewerb für diese Plakatkampagne zur Prävention von Verkehrsunfällen gewonnen?

Martin (Philosoph): Nichts desgleichen. Er hat mir ein paar Selfies gezeigt. Mit einem Mädchen zusammen. Beneidenswert. Ich glaub, er ist verliebt. - Die sieht aber auch wirklich toll aus.

Dani (Mediziner): Dann haben wir ja wohl endlich mal wieder eine Neuerwerbung!

Martin (Philosoph): Wir? - Er.

Utz (Psychologe): Das lässt sich ja noch entwickeln.

Dani (Mediziner), lachend: Klar. Eine für alle, alle für eine!

Kleine Pause.

Utz (Psychologe): Wie in alten Zeiten.

Dani (Mediziner): War aber auch toll damals, die Abifeier.

Utz (Psychologe): Kopf hoch! Die Doktorfeier wird noch viel großartiger.

Martin (Philosoph): Eine für alle, alle für eine? Wie damals?

Utz (Psychologe): Wieder nur eine?

Martin (Philosoph): Warum nicht? War doch nicht schlecht. Aber es ist ja noch nicht so weit. Ich fürchte, im Augenblick stehen nicht einmal die Themen alle fest.

Dani (Mediziner): Wieso? Ist was schiefgelaufen? Wir wollten doch alle über Placebos schreiben. Ich dachte, das hätte geklappt.

Martin (Philosoph): Bei mir ja.

Utz (Psychologe): Bei Axel und mir auch.

Dani (Mediziner): Mein Prof hat zwar nicht zugehört aber sofort zugestimmt.

Martin (Philosoph): Alles in trockenen Tüchern.

Utz (Psychologe) zu Martin (Philosoph): Wie war dein Thema noch? ‚Verschleierungstechnik bei Heidegger'?

Martin (Philosoph): Im Prinzip richtig. Aber ganz so ehrlich, das wäre unschicklich. Ich habe es so ausgedrückt: ‚Ontologie des Seins im ungesprochenen Wort'. Kapiert zwar keiner, bedeutet aber dasselbe.

Utz (Psychologe): Sehr schön.

Dani (Mediziner): Schade. Bei so einem Thema können wir nicht mitreden. Wirklich schade.

Martin (Philosoph): Im Gegenteil: Ich spendier eine ausreichende Menge Absinth, und ihr fühlt Euch wie in den zwanziger Jahren in Paris. Werdet sehen, wie gut das klappt! Einfach Mund aufmachen und aufsammeln, was rauskommt: Écriture automatique‚[3].

Axel kommt zurück, geht in sein Zimmer und kommt wieder. Stellt sich dazu.

Dani (Mediziner): Hab trotzdem keine Lust, über so einen Unsinn zu reden.

Martin (Philosoph): Wär dir das Glasperlenspiel lieber?

Dani (Mediziner): Einem Germanisten wäre bestimmt auch das heilig. Würde nie zugeben, dass er es nicht verstanden hat.

Martin (Philosoph): Während du, nicht wahr, wenn du bei einem Patienten zu keiner Diagnose kommst, sagst du ihm klipp und klar: ‚Ich durchschaue Ihr Krankheitsbild nicht. Ich weiß nicht was Sie haben'. Oder?

Dani (Mediziner), lächelnd: Ich lass es gar nicht erst so weit kommen. - Ich sage „Hm..", murmele ein paar lateinische Brocken vor mich hin und überweise ihn zum Facharzt.

Martin (Philosoph): Und wenn es ganz schlimm kommt, machst du ein bestürztes Gesicht, sonderst ebenfalls deine lateinischen Vokabeln ab und schickst ihn ins Krankenhaus.

Dani (Mediziner): Genau.

Utz (Psychologe): Beneidenswert.

Dani (Mediziner): Aber was soll ich denn den Patienten erst lange medizinische Theorien erklären? Verstehen die sowieso nicht.

Axel (Designer): Nur über Kunst, da meint ihr alle mitreden zu können.

Martin (Philosoph): Ohne dir zu nahe treten zu wollen: ja. Als kritisches Publikum.

Tritt an den Bühnenrand

Martin (Philosoph): Ist doch so. Oder? Ach mein liebes Publikum! Was wären wir ohne euch?

Utz (Psychologe): Und so war es immer schon: ‚Gut ist, was gefällt'.

Martin (Philosoph): Und nicht vergessen: ‚Erlaubt ist, was sich ziemt!'.[4]

Utz weiter zu Axel: Gilt aber wohl nicht für Beuys und seine Installationen. Beuys ist doch sozusagen euer Heidegger.

Schreibst du nicht darüber? Wie war noch *dein* genaues Thema? Hab ich wieder vergessen. Entschuldige bitte.

Axel (Designer): ‚*Die Wirkung eines roten 30x30-Quadrats rechts unten in der Ecke einer schwarzen 300x300 Fläche auf den Betrachter?*' – Hatte mir eine empirische Untersuchung anhand von Kunstwerken und laienhaften Plagiaten vorgestellt.

Utz (Psychologe): Das Thema klingt aber blöde.

Dani (Mediziner): Stimmt.

Martin (Philosoph): Wie wäre es mit: ‚*Das Nichts hinter der Fettecke*[5]'

Dani (Mediziner): Sehr schön.

Axel (Designer) macht sich eine Notiz: Nicht schlecht

Martin (Philosoph): Fast Heidegger. Sag ich doch.

Axel (Designer) zu Utz (Psychologe): Und du?

Utz (Psychologe): Ich hatte vorgeschlagen: ‚*Religion, ein psychologisches Placebo*'. Aber das durfte ich nicht. ‚*Religion als Trost der Seele*' gefiel ihm besser. Der Prof fürchtete Komplikationen.

Axel (Designer): Komplikationen?

Utz (Psychologe): Er stammt aus Landshut. - Parteiausschluss, Pressekampagnen... Die leben ja da unten immer noch im christlichen Abendland.

Axel (Designer): Muslime würden das auch nicht so sehr gern hören.

Utz (Psychologe): Ich weiß. Hindus auch nicht. Nicht einmal Buddhisten. Keine Religion möchte die Wahrheit hören. Globales finsteres Mittelalter.

Martin (Philosoph): Das ist nun mal so. Reg dich nicht auf.

Utz (Psychologe), lautstark, geradezu rezitierend: "*Welch primitive Mythologie, dass ein Mensch gewordenes Gotteswesen durch sein Blut die Sünden der Menschen sühnt!*".

Dani (Mediziner): Lass bloß die Finger von so etwas!

Utz (Psychologe): Klar. Wenn das von mir wäre, dürfte ich es nicht schreiben. Ist aber Originalton Rudolf Bultmann[6]. Professor der Theologie. Im gleichen Jahr gestorben wie Heidegger. Aber für unsere unbekehrbare Gesellschaft leider nicht kultverdächtig.

Axel (Designer): **Trotzdem. Sei vorsichtig:**
Dani (Mediziner): **Semper aliquid haeret.**
Axel (Designer): **Angeber!**

3. Szene – Feiern: Martins nahe Promotion, Lucy - alle wollen was für sie tun

Eigentlich Fortsetzung der vorigen Szene. Bühnenbild: Vorraum mit 4 Türen. Drei sitzen im Vorraum am gedeckten Tisch. Axel kommt aus seinem Zimmer mit einer Champagnerflasche und stellt sie auf den Tisch.

Alle: **Nur eine?**

Axel (Designer): **Immer mit der Ruhe! Zunächst mal zu dir, lieber Martin, da du ja nun wohl als erster von uns die zwei Buchstraben vor dem Namen führen wirst. Herzlichen Glückwunsch!**
Er reicht Martin die Flasche, der lehnt aber ab, sie zu öffnen.

Axel (Designer): **Musst sie schon selbst öffnen. Ist ja nun Deine.**
Martin macht sich an der Champagnerflasche zu schaffen, um sie zu öffnen. Währenddessen Unterhaltung:

Dani (Mediziner): **Hat wohl wirklich nur eine geholt.**

Utz (Psychologe): zu Dani (Mediziner): **Hättest ja *auch* eine besorgen können.**

Dani (Mediziner): **Wer sagt denn, ich hätte keine? Aber wir könnten ja auch mal in *deinem* Kühlschrank suchen!**

Martin (Philosoph): **Au ja. Soll ich mal?**
Martin will aufstehen. Wird aber von Utz wieder auf seinen Stuhl gedrückt

Utz (Psychologe): **Nix da!**
Als der Korken knallt und der Schaum spritzt, hebt Martin die Flasche in die Höhe:

Martin (Philosoph): **Ihr wisst doch: „Eine für alle!"**
Lacht dreckig.

Utz (Psychologe): **Klar. Abifeier.**

Alle, stehen auf, im Chor: **Eine für alle, alle für eine.**
Setzen sich wieder bis auf Martin, der den Sekt einschenkt.

Martin (Philosoph), nachdem er eingeschenkt hat: **Na, dann lasst uns mal!**
Alle stehen auf und stoßen an

Martin (Philosoph): **Auf heute und damals!**

Dani (Mediziner): **Und in alle Ewigkeit.**

Axel (Designer): **Amen.**

Alle im Chor: **Hipp-Hopp-Rinn in'n Kopp!**
Trinken die Gläser auf einen Zug leer. Setzen sich wieder und greifen zu.

Dani (Mediziner): **Was für eine verrückte Idee damals!**

Axel (Designer): **Man könnte ruhig öfter Abitur feiern!**

Dani (Mediziner): **Ein Glück, dass Ollis Zimmer schon frei war.**

Axel (Designer): **Der Arme. Durchgefallen.**

Dani (Mediziner): **War doch ein blöder Hund.**

Axel (Designer): **Hatte aber einen Schlag bei den Mädchen.**

Dani (Mediziner): **Und auch sonst 'ne Klatsche. Was hat der uns für Ärger gemacht.**

Axel (Designer): **Sollte man ihm eigentlich mal heimzahlen. Ich wüsste auch schon wie.**
Alle schauen ihn neugierig an.

Axel (Designer), grinst: **Man könnte ihm eine Kreuzfahrt schenken.**

Martin (Philosoph): **Eine Kreuzfahrt? Das nennst du Heimzahlung?**

Axel (Designer): **Eine Kreuzfahrt als solche eigentlich nicht – das heißt … eigentlich doch, könnte mir Schöneres vorstellen – aber pass auf…**

Martin (Philosoph): **Ich pass immer auf, wenn du mit mir sprichst!**

Axel (Designer): **Ich dachte an einen Gay-Cruiser.**

Utz (Psychologe): **An was?**

Axel (Designer): **Ja. Du hast richtig verstanden. Genau das, was du denkst. Ist zurzeit eine lukrative Marktnische. Boomt enorm.**

Utz (Psychologe): **Und? Zu so etwas hast du Lust?**

Axel (Designer): **Natürlich nicht. Aber stell dir vor: Der geile Olli auf einem Gay-Cruiser. Keine Frau weit und breit. Nur das weite Meer und hunderte Schwule, die ihn anbaggern.**

Utz (Psychologe): **Hast du was gegen Schwule?**

Axel (Designer): **Im Gegenteil! Sollte es viel mehr von geben. Jeder von denen ein Konkurrent weniger für uns!**

Dani (Mediziner): **Und überhaupt: Meine Mutter sagt immer, das seien die höflichsten und gepflegtesten Männer, die es gibt.**

Dani (Mediziner): **Und das ist gut so.**

Martin (Philosoph): **Aber *du* auf so einem Schiff? Ich weiß nicht.**

Axel (Designer): **Ach Martin! Lieber Martin, möchte ich sagen, hast du denn immer noch nicht begriffen? Nicht ich. Ich sprach von**

Olli, dem Frauenflüsterer.

Dani (Mediziner): Unterschätz ihn nicht! Not macht erfinderisch.

Utz (Psychologe): Stimmt, Ideen hatte er immer. Nur meist in die falsche Richtung.

Axel (Designer): Sag ich ja.

Dani (Mediziner): Deshalb hat er ja auch das Abi nicht geschafft.

Utz (Psychologe): Deshalb? War da was, was ich nicht mitgekriegt hab?

Dani (Mediziner): Du weißt doch, die Sache mit der französischen Assistentin.

Utz (Psychologe): Das war aber nicht die falsche Richtung!

Axel (Designer): Die war aber auch wirklich toll.

Dani (Mediziner): Eben. Für so was hatte er eine Antenne.

Utz (Psychologe): Antenne nennst du das?

Dani (Mediziner): Nenn es wie du willst. Wir waren da Waisenknaben gegen.

Martin (Philosoph): Aber dafür ist er dann halt auch durch das Abi gefallen.

Axel (Designer): Und sein Zimmer war frei.

Utz (Psychologe): Stimmt. Das Zimmer für die Kleine. Wie hieß sie noch?

Martin (Philosoph): Trudi haben wir sie genannt, glaube ich. Aber so hieß sie nicht wirklich.

Weiter zu Dani:

Utz (Psychologe): Was ich immer schon fragen wollte: Wie bist du damals eigentlich an das Mädchen gekommen?

Dani (Mediziner): Sag ich nicht. Sie kam, war für uns da, und am Morgen war sie wieder verschwunden. Eine für alle, alle für eine.

Utz (Psychologe): Und wie hast du sie ins Internat geschmuggelt?

Dani (Mediziner): Hat Nicole gemacht. Hat gesagt, es sei ihre Schwester.

Axel (Designer): Könnten wir eigentlich mal wieder machen.

Martin (Philosoph): Zur Doktorfeier zum Beispiel.

Axel (Designer): Mit Trudi? Echt dirty!

Utz (Psychologe): In diesem Sinne: Auf uns, Doctores in spe!

Dani (Mediziner): **Auch Latein gelernt?**

Axel (Designer): **Auf eine wilde, ausschweifende Doktorfeier!**

Sie essen mit größtem Appetit. Die Gläser werden nachgefüllt, bis die Flasche leer ist. Kein Wort. Es geschieht nichts. Eigentlich für ein Theaterstück viel zu lange. Bis Axel aufsteht, sein leeres Glas demonstrativ anhebt und – halb zu seinen Freunden, halb zu dem Publikum sagt:

Axel (Designer): **Es müsste wirklich langsam mal wieder was passieren! Meint ihr nicht auch?**

Kleine Pause.

Utz (Psychologe): **Na, dann hol sie schon rein!**

Martin (Philosoph): **Ist sie denn da? Warum sitzt sie dann nicht bei uns?**

Axel geht in sein Apartment und kommt mit einer Flasche ‚Veuve Cliquot' zurück. Man ist enttäuscht.

Dani (Mediziner) enttäuscht: **Ach so. - Hatte eher an eine Fille Cliquot gedacht. Nicht an eine Veuve.**

Martin (Philosoph): **Keine falschen Vorurteile! Die ehrwürdige Witwe ist auch nicht zu verachten.**

Dani (Mediziner): **Und worauf trinken wir?**

Axel weist auf sein Handy und lässt es kreisen.

Martin (Philosoph) auf das Handy schauend: **Alle Achtung.**

Utz (Psychologe): **Da hätt ich mich auch verliebt.**

Dani (Mediziner) auf das Handy schauend: **Kompliment. Darauf kann man schon mal trinken.**

Martin (Philosoph): **Und so was machst du ganz heimlich still und leise?**

Dani (Mediziner): **Ziehst einfach mal so eine an Land?**

Utz (Psychologe): **Ohne uns zu fragen?**

Axel versucht vergeblich, die Flasche zu öffnen. Reicht sie dann Dani.

Dani (Mediziner) anzüglich grinsend: **Nein, die musst du schon selbst öffnen. Ist schließlich deine!**

Utz (Psychologe): **Noch!**

Alle grinsen. Nur Axel stutzt. Will offenbar was sagen, macht dann eine Handbewegung, sagt nichts. Er macht sich wieder an die Flasche, kriegt sie schließlich auf. Währenddessen Unterhaltung:

Utz (Psychologe): **Er behauptet, sie sei ihm zugelaufen.**

Martin (Philosoph): **Zugelaufen?**

Utz (Psychologe): **Eigentlich hatte er einen Termin mit einem Brautpaar, stattdessen stand sie plötzlich vor seiner Tür.**

Dani (Mediziner): Und er hat sich gleich an sie rangeschmissen?

Axel (Designer): Ich hab sie fotografiert.

Martin (Philosoph): Fotografieren nennt er das! Tja, Fotograf müsste man sein!

Dani (Mediziner): Und ab jetzt kommt sie jeden Tag *zum Fotografieren,* wie du es nennst. Stimmt's?

Utz (Psychologe): Nun überschätz ihn mal nicht.

Martin (Philosoph): Solltest sie als Model für den Wettbewerb nehmen, so wie die aussieht.

Utz (Psychologe): Wie geschaffen für eine Kampagne zur Prävention von Verkehrsunfällen!

Allgemeines Gelächter

Martin (Philosoph): Jedenfalls hat es wohl gefunkt.

Bei dem Satz knallt der Sektkorken, Axel hebt die Flasche in die Höhe, als der Schaum quillt, schaut er sie sich versonnen und bedeutungsvoll an und schenkt dann ein.

Axel (Designer): Also, liebe Freunde, auf Lucy!

Alle: Lucy heißt sie? Dann auf Lucy!

Utz (Psychologe): Möge sie uns lange erhalten bleiben.

Sie setzen sich und essen weiter.

Dani (Mediziner): Was wollte sie denn *eigentlich*?

Axel (Designer): War mir zunächst auch nicht klar. Sie sagte etwas von einem Fototermin. Hatte aber keinen vereinbart. „Ok", sag ich, und da ist sie auch schon im Atelier. „Und an was für Fotos haben Sie gedacht?", frag ich sie – „Werbefotos" sagt sie.

Dani (Mediziner): Werbefotos? Wofür?

Axel (Designer): Von sich selbst für sich selbst.

Dani (Mediziner): Für sie selbst?

Axel (Designer): Ja. Für sie selbst. Sie ist nämlich Friseuse.

Dani (Mediziner): Sagt sie.

Axel (Designer): Nein wirklich. Wir haben für morgen einen Termin abgemacht. Sie bringt Perücken mit, die sie frisiert hat. Sie hätte gern Fotos von den Frisuren.

Dani (Mediziner): Gegen Bezahlung?

Axel (Designer): Haben wir nicht drüber gesprochen. Ist mir in diesem Fall auch egal.

Dani (Mediziner): Kann mir gut vorstellen, wie sie bezahlt!

Axel (Designer): Hatte ich auch erst gedacht. Wollte auch gleich einen Vorschuss. Lief aber nicht. Unverbindliches Flirten. OK. Das ging. Da machte sie sogar prima mit. Aber mehr war nicht drin.

Dani (Mediziner): Nicht drin?

Martin (Philosoph): Versteh ich nicht. Kommt bei dir rein geschneit, flirtet und dann Schluss? Bist doch sonst nicht so zimperlich.

Axel (Designer): Nee. Ging nicht. Leider.

Dani (Mediziner): Aber hast du es denn wenigstens mal, wiesoll ich sagen ...

Axel (Designer): Nein, hab ich nicht. Die Selfies waren schon grenzwertig.

Dani (Mediziner): Habt euch dafür doch sogar ins Bett gelegt!

Axel (Designer): Wollte sie erst auch nicht. Hat sie wohl nur wegen des Fototermins morgen zugelassen.

4. Lucy tritt auf

Unmittelbar anschließend. Gleiches Bühnenbild. Lucy tritt mit einem kleinen pinken Rollenkoffer auf.

Axel (Designer): Oh! Lucy! - Wie schön! Aber wollten wir nicht erst morgen?

Lucy: Ich bringe nur schon mal die Perücken. Störe ich?

Axel zögert.

Utz (Psychologe): Im Gegenteil. Nehmen Sie Platz! Was können wir Ihnen anbieten?

Utz (Psychologe) steht auf und bietet ihr seinen Platz an.

Lucy: Nein danke, ich wollte eigentlich gleich weiter.

Martin (Philosoph): Nix da, gleich weiter!

Utz (Psychologe): Erst wenn Sie uns alle frisiert haben. Wir sind immerhin vier.

Dani (Mediziner): Reicht doch wohl fürs erste. Oder?

Axel geht auf sie zu, nimmt ihr den Koffer ab und rollt ihn in sein Atelier. Lucy folgt ihm. Die drei anderen schauen den beiden enttäuscht nach.

Martin (Philosoph): Excitans. - Admirabile visu.

Dani (Mediziner): Das hast du aber sehr schön ausgedrückt.

Martin (Philosoph): ‚Toll' war mir zu platt.

Utz (Psychologe): Er möchte das Mädchen wohl am liebsten gleich wieder *fotografieren*.

Dani (Mediziner): Oder so.

Utz (Psychologe): Könnte man verstehen.

Martin (Philosoph): Reißt euch mal endlich ein bisschen am Riemen. Ist doch wirklich niedlich, die Kleine. Warum denn so ein blödes Gerede? Wollen sie doch behalten.

Martin geht in sein Zimmer Und kommt mit Knabberzeug, einem weiteren Glas und einer neuen Flasche in dem Augenblick zurück, in dem Axel mit Lucy aus seinem Atelier kommt. Utz holt einen weiteren Stuhl. Alle stehen auf bzw. bleiben erwartungsvoll stehen.

Lucy: Dann also bis morgen. Tschüss!

Verabschiedet sich von Axel mit einem Küsschen, währen Utz die Gläser füllt.

Utz (Psychologe) zu Lucy: Das können Sie uns nicht antun. Axel hat uns so nett von Ihnen erzählt. Kommen Sie, leisten Sie uns ein wenig Gesellschaft.

Lucy schaut Axel an. Zuckt fragend mit den Schultern.

Axel (Designer): Er hat recht. Bleib ein wenig. Sind meine besten Freunde. Seit unzähligen Jahren. Musst sie unbedingt kennenlernen.

Nimmt sie bei der Hand und führt sie zu dem neuen Stuhl. Sie wehrt sich nicht.

Utz (Psychologe): Prima. Das finde ich nett.

Dani (Mediziner): Herzlich willkommen.

Martin (Philosoph): Jederzeit.

Utz (Psychologe): Und überhaupt.

Dani (Mediziner) hebt das Glas: Axel sagt, Sie sind ihm gewissermaßen zugelaufen. Aber Sie sollten wissen, in Wahrheit sind Sie uns allen zugelaufen. Darf ich vorstellen?

Zeigt auf Utz.

Dani (Mediziner): Das ist Utz, unser Seelenklempner. Beschäftigt sich beruflich mit Menschen und deren Innenleben.

Utz steht auf und reicht ihr die Hand. Lucy erwidert mit einem südländischen Höflichkeitsküsschen.

Dani (Mediziner): Sag doch was, Utz. Mach ihr wenigstens ein kleines Kompliment. Vielleicht etwas aus deinem Arbeitsgebiet!

Utz (Psychologe) verlegen, dann schmunzelnd, legt die Hand auf die Brust und verbeugt sich: Es verschlägt mir die Sprache. Wie gern würde ich

Sie therapieren! Aber ich sehe keine Ansatzpunkte. Sie sind bereits so ... wie soll ich sagen ... wovon sollte ich *Sie* noch heilen?

Allgemeines Gelächter

Dani (Mediziner): Und hier Martin, unser Philosoph, gefürchtet wegen seiner unverständlichen philosophischen Sprüche. Sag was, Martin. Oder fällt dir nichts ein?

Martin (Philosoph), verbeugt sich: Sie sehend fühle ich in mich selbst als das reine Nichts. Und *das Nichts selbst nichtet*[7].

Lucy zunehmend amüsiert.

Dani (Mediziner): Axel brauche ich Ihnen nicht vorzustellen. Bleibt ultima ratione nur noch meine Wenigkeit: Als wahrer Mediziner liebe ich lateinische Sprüche, vor allem bei einem so illustren Anblick - weist mit galanter Handbewegung auf sie. Denn: *Quidquid latine dictum sit, altum videtur.* Ist nicht von Heidegger. Versteht trotzdem keiner. Wollte nur sagen, Ihnen ein Kompliment zu machen, dafür bedürfte es einer schöneren Sprache als der, die wir tagtäglich sprechen. Ich meine...

Utz (Psychologe) zu Martin: Ich glaube, das reicht, Martin.

Utz (Psychologe) zu Lucy weiter: Zugegeben, das waren alles ziemlich verschrobene Sprüche. Aber Sie sehen uns absolut unvorbereitet auf eine Erscheinung wie Sie. Und so sind wir nun mal, wenn wir verlegen sind. Flüchten uns in Nonsens. Lehrbuchmäßig, möchte ich sagen. Herzlich willkommen noch einmal bei uns. Fühlen Sie sich hier wie zu Hause.

Lucy: Wir können ruhig ‚du' sagen. Klingt sonst alles so fremd.

Utz (Psychologe): OK. Magst du uns auch ein wenig von dir erzählen?

Lucy, überlegt dann zögernd: Da ist nicht viel zu erzählen. Dass ich aus Brasilien komme, hat euch Axel sicher schon gesagt. Was wollt ihr sonst wissen?

Utz (Psychologe): Was machst du in Deutschland? Hast du kein Heimweh?

Lucy: Heimweh? Doch. Manchmal. Und was ich hier mache? Ich bin Friseuse. Wisst ihr ja. Und will meinen Meister machen. Zurzeit suche ich eine feste Anstellung.

Dani (Mediziner): Und wieso kannst du so gut deutsch?

Lucy: Ein wenig aus der Schule. Und schließlich arbeite ich seit drei Jahren als Friseurin.

Dani (Mediziner): Und hast einen deutschen Freund.

Lucy: Nein. Bin weder verheiratet noch hab ich einen Freund, noch Familie hier in Deutschland.

Utz (Psychologe): Dann herzlich willkommen in unserer WG, Deiner neuen Familie! Und was die Heirat betrifft... Wir sind alle frei und ungebunden.

Lucy, lachend: Danke, Danke! Sehr schmeichelhaft.
Sie steht auf.

Lucy: Jetzt will ich aber wirklich los. Wir sehen dann uns ja morgen.
Verabschiedet sich. Gibt jedem ein Abschiedsküsschen und geht.

Martin (Philosoph), nach einer Pause zu Axel: Wo arbeitet sie eigentlich? Kann man da nicht mal hingehen?

Axel (Designer): In dem Salon im Hauptbahnhof. Als Aushilfe. Aber sie bewirbt sich gerade auf eine feste Stelle.

Dani (Mediziner): Macht sie auch Hausbesuche? Ich meine, zum Frisieren oder so.

Utz (Psychologe): Oder als Haushilfe – oder so. Ha-Ha.
Axel zögert. Martin:

Martin (Philosoph): Ich meine, wenn das Salaire nicht reicht – oder so: Ich könnte mal wieder einen Artikel schreiben: dachte so an „Ausländerschicksal am Rande des Bordells" – oder so.

Dani (Mediziner): Das hat was.

Utz (Psychologe): Lesen sogar Frauen.

Martin (Philosoph): Mein Honorar würde ich ihr überlassen.

Axel (Designer): Sehr selbstlos!

Martin (Philosoph) zu Axel: Lieferst du einschlägige Fotos oder ist sie bei dir immer so brav angezogen?

Axel (Designer): Ich würde sie gern als Model durch meine nächste Ausstellung bekannt machen. Tät ihrer Publicity bestimmt gut.

Dani (Mediziner): Zweifellos hat sie medizinische Fragen. Lieblingsthemen sind ja Migräne, Höhenangst, Klaustrophobie ...

Utz (Psychologe): Halt! Du jagst in meinem Revier!

Dani (Mediziner): Gut. Dann Magersucht, Apfelsinenhaut, Unverträglichkeit der Pille, Brustvergrößerung….

Axel (Designer): Bist du blind? Hat sie doch nicht nötig.

Utz (Psychologe): Irgendwelche Zipperlein hat sie bestimmt. Ist ja schließlich eine Frau.

Dani (Mediziner): Ich könnte ja ihr Hausarzt werden.

Axel (Designer): Ja, ja. Oder so… - Das würde dir so passen.

Utz (Psychologe): Und ich ihr Psychologe. Den braucht jede Frau. Psychisch robuste Frauen gibt es nicht.

Axel (Designer): Und robuste Männer?

Utz (Psychologe): Auch nicht. Aber Frauen kann man besser therapieren. Ich jedenfalls. Aber zurück zu Lucy. Als Ausländerin hat sie natürlich soziale Probleme. Da könnte ich ihr bestimmt helfen. Honorarfrei. Tät ihr sicher gut.

Dani (Mediziner): Auf der Couch?

Martin (Philosoph): Kommunikationstraining?

Axel (Designer): Oder so…

Utz (Psychologe): Das hättet ihr wohl eher nötig als sie.

Erstaunte Aufmerksamkeit

Axel (Designer): Hast du das nur so gesagt, oder…

Utz (Psychologe): Eigentlich ja. Mir fiel nichts Besseres ein. Aber im Grunde…

Martin (Philosoph): Im Grunde? Was denn im Grunde?

Utz (Psychologe): Im Grunde – stimmt schon. Trauriger Ernst. Merkt ihr wirklich nicht, wie krank ihr seid? Unsere Gesellschaft entartet immer mehr, und statt dass ihr euch wehrt, passt ihr euch an, marschiert mit, singt das gleiche Lied und fordert Denkverbote.

Axel (Designer): Was für Denkverbote?

Utz (Psychologe) überlegt. Dann: Zum Beispiel, dass wir Männer heute die sexuell ausgebeuteten Dienstleister sind.

Lautes spöttisches Lachen.

Martin (Philosoph): Sag mal, wie kommst du auf solch einen Unsinn?

Utz (Psychologe): Seit Frauen darangehen, die Liebesfähigkeit der Männer wie im TÜV mit Zollstock und Stoppuhr zu messen …

Dani (Mediziner): **Zu was für Frauen gehst *du* denn?!**

Utz (Psychologe): **Nun lasst mich doch mal!**

Dani (Mediziner) grinsend: **Keiner hindert dich.**

Utz (Psychologe): **Gut. Lass es mich erklären.**
Wartet, bis alle ruhig sind.

Utz (Psychologe): **Wer ist schuld, wenn *sie* nicht kommt? Natürlich *er*. Weil er ein schlechter Liebhaber ist und egoistisch immer nur an sich denkt …**

Dani (Mediziner): **Ist doch viel Wahres dran. Oder?**

Utz (Psychologe): **Klar. Aber wer ist schuld, wenn *er* Probleme hat?**
Alle schauen gespannt auf Utz, den Psychologen.

Utz (Psychologe): **Ebenso klar: Dann ist er ein Schlappschwanz. So einfach ist das.**
Allgemeine Verblüffung. Alle schauen an sich selbst nach unten.

Martin (Philosoph): **Und in dieser Hinsicht wolltest du Lucy großmütig honorarfrei therapieren?**

Dani (Mediziner): **Mit praktischen …**

Utz (Psychologe) fällt ihm ins Wort: **Es reicht, es reicht, Leute! Nun hört mir doch mal zu!**

Dani (Mediziner): **Wolltest du noch was sagen?**

Utz (Psychologe): **Hatten wir fast vergessen.**

Axel (Designer): **Tut uns ja unendlich leid.**

Dani (Mediziner): **Wir geben dir noch fünf Minuten. Zehn hattest du bereits.**

Utz (Psychologe): **Davon gehen mindestens acht an eure dauernden Unterbrechungen.**

Axel (Designer): **Wir schweigen ja schon. - Hörst du das nicht?**
Stille

Utz (Psychologe): **Jetzt hab ich vergessen, was ich sagen wollte.**
Kleine Denkpause, dann:

Utz (Psychologe): **Ach ja. Jetzt fällt es mir wieder ein: Schick Lucy doch mal her mit ihrem Manta! Ich meine, rein beruflich natürlich – oder so!**
Pause. Dann:

Axel (Designer): **War es das?**
Axel hat zum Schluss nichts mehr gesagt. Schaut versonnen auf sein Handy. Küsst es zärtlich. Dann steht er auf geht aus das Publikum zu.

Axel (Designer) zum Publikum: Irgendwie müsste sowieso wirklich mal wieder was Besonderes passieren.

6. Szene – Axel und Dani mit neuer Frisur - ohne Worte – Dann Lucys erster Monolog

Bühnenbild: Leerer Vorraum mit 4 Türen. Stille.
Kurze Pause
Auftritt Lucy. Klopft an Axels Tür. Er öffnet. Sie verschwindet mit ihm in seinem Atelier.
Musik: Figaro. Musik endet. Pause. Dann Musik: ‚Oh John' (Eartha Kitt).
Die Tür öffnet sich. Beide kommen heraus. Er hat blond gefärbte Haare.
Sie streicht sich die Haare zurecht. Sie verabschieden sich. Küsschen.
Kurze Pause. Licht kurz aus und wieder an.
Bühnenbild: wie eben. Stille.
Kurze Pause
Auftritt Lucy. Musik: Figaro. Musik endet. Pause. Dann Musik: ‚Oh John' oder ‚Jonny, wenn du Geburtstag hast' (Eartha Kitt). Oder besser: ‚Si Si, No No!'[8].
Martins Tür öffnet sich. Beide kommen heraus. Martin mit Pferdeschwanz (oder ähnlich).
Sie streicht sich die Haare zurecht. Sie verabschieden sich. Küsschen.

Und so weiter. 4x? Nur, wenn jemand Spaß an verrückten Frisuren hat. Zum Beispiel Skinhead? Sonst:

Lucy: Das reicht. Viermal die gleiche Szene, noch dazu ohne Text? Nee, ne? Habt auch so verstanden. Oder?

Lucy will abgehen, zögert, kehrt um und tritt erneut an den Bühnenrand und spricht zum Publikum:

Lucy: Hab mich Ihnen eigentlich noch gar nicht vorgestellt. Na ja, dass ich Friseurin bin und im Frisiersalon am Bahnhof arbeite, wissen Sie ja. Aber das dort bin ja nicht *ich*. Das heißt, natürlich bin ich das. Klar. Aber ich meine, nicht *ich* als Person. Ich möchte, dass Sie mich besser kennenlernen. Mich ein wenig verstehen.
Wendet sich auffordernd an das Publikum.
Was wissen Sie denn schon von mir? Fast garnichts. Stimmt's? Ob ich wirklich Friseuse bin, fragen Sie sich? Oder Friseurin - wenn Sie meinen, das sei korrekter.

Ja bin ich. Und Schauspielerin. Versteht sich. Und Zuschauerin. Haben Sie ja mitbekommen. Zuschauerin und Schauspielerin sogar gleichzeitig. Jedenfalls heute Abend.

Aber sind wir das nicht alle mehr oder weniger? Ich meine Schauspieler und Zuschauer in einem?

Lucy: **Na sagen Sie schon, was wollen Sie sonst noch wissen? Was das für eine Stellung ist, die ich bei denen hier habe?**

Aus dem Zuschauerraum ruft jemand „Hure!" oder „Nutte" Der Zwischenruf sollte vor Beginn des Stücks mit irgendeinem (-einer), möglichst einem(r) älteren Besucher(in), möglichst nicht aus der Reihe, wo Lucy am Anfang gesessen hat, verabredet werden. Kriegt dafür in der Pause einen Drink oder ein belegtes Brötchen oder beides. Darf, wenn er (sie) will, auch beim Schlussapplaus auf die Bühne.

Lucy tritt an den Bühnenrand, die Hand ans Ohr:

Lucy: **‚Hure'? Seien Sie mal nicht so hart mit mir. Ich betrüg immerhin niemanden. Nicht wie Sie! Nein Entschuldigung. Ich meinte nicht *Sie*. Meinte überhaupt keinen von den Anwesenden. Oder vielleicht doch: Hand aufs Herz! Wer von Ihnen betrügt seinen Partner - ich meine Partnerin? Hand hoch!**

Wartet einen Augenblick ab. Lucy zeigt mit dem Zeigefinger auf drei verschiedene Stellen im Zuschauerraum, tut so als ob sie zählt.

Lucy: **Sonst keiner? Können sich ruhig alle melden. Bleibt unter uns. Ich sag's nicht weiter.**

Lucy: **Also gut. Sie meinen, ich verkaufe mich – oder** (Handbewegung Richtung Unterleib) **das da unten. - Nee, Pustekuchen. Dafür brauchen die nicht zu bezahlen.**

Verstehen Sie vielleicht nicht. Bei Ihnen mag das ja auch anders sein, wenn Sie mal… na ja …

Aber passen Sie auf. Ich will es Ihnen erklären. Das ist nämlich nicht so wie Sie meinen. Die mögen mich nämlich wirklich. Mich. Lucy. Nicht nur das Eine. Das natürlich auch. Sind ja nicht krank.

Nein. Es sind meine Freunde. Und das ist toll.

Ich war ziemlich am Ende, als ich hier anfing. Aber die haben mich wieder auf die Beine gestellt. Allmählich bin ich wieder ich selbst. Aber *ich*, dieses ‚ich selbst', das ganz da drinnen. Was ist das eigentlich? - Interessiert Sie? Mich auch.

Utz – Sie wissen, der Psychologe – der hilft mir gerade dabei, es zu herausfinden. Bin gespannt, ob ich mich nach seiner Analyse noch wiedererkenne. Ich glaube, er meint, ich bin total verkorkst. Aber als Psychologe kann er wohl nicht anders. Von Berufs wegen. Die schließen gern von sich auf andere.
Umgekehrt bei den Fotos von Axel. Da komme ich viel zu gut weg: Bin ich wirklich so schön? Glaub ich nicht.
Ach, sie bemühen sich ja alle rührend um mich. Sogar Dani. Obwohl, der ist immer noch etwas verschlossen, sobald er mit mir allein ist. Schüchtern beinahe. Müsste vielleicht auch mal zu Utz auf die Couch. Am besten mit mir zusammen. Dann ging es wohl am schnellsten. – Dabei: theoretisch weiß Dani ja immer alles. Viel besser sogar als ich. Ist ja auch Mediziner. Hat aber trotzdem keine Ahnung.
Und schließlich Martin. - Martin der ist ja ganz besonders lieb. Hat mir ein Gedicht geschenkt. Das erste Gedicht, das jemals jemand für mich geschrieben hat. Ein Liebesgedicht? Ich weiß nicht. Wollen Sie es hören? Vielleicht können Sie mir dann sagen, ob es ein Liebesgedicht ist?
Tritt an den Bühnenrand und rezitiert:

Lucy
Im Daseinsein ist Sein nur Schein.
Denn Schein ist klein.
So scheint's zu sein. -
Wär Schein nicht klein,
Würd's peinlich sein,
In Sein zu Schein
Zu Zwein zu sein.
Und die Moral von der Geschicht?
Ich möchte sagen:
Ja und nein.

Könnte er von Heidegger, oder wie der heißt, abgeschrieben haben. Von dem liest er mir nämlich immer vor. Ist aber eigentlich zu platt. Ich meine, man merkt es, dass es platt ist, ich meine, das Gedicht. Fällt gleich auf. Bei Heidegger ja nicht.

Kurze nachdenkliche Pause

Ach ja, sind wirklich alle lieb zu mir. Aber ich ja auch zu ihnen. Zu sehr meinen Sie? Wie man's nimmt. Ist ja hier kein Kloster. Bruder Beichtvater hätte seine Not mit uns. – Na ja, würde aber dafür auch bestimmt so manches dazulernen. Hat ja selbst so wenig Lebenserfahrung.

Zögert.

Nein, so geht das nicht. Ich wollte Ihnen von mir erzählen. Ich weiß nicht recht. Ich glaube, es langweilt Sie. Ich hab auch das Gefühl, einige von Ihnen mögen mich nicht.

Mal sehen. Vielleicht nach der Pause mehr. Falls wir eine machen. Werd mir ja bis dahin noch Mut antrinken. Hinter der Bühne. Sieht dann ja keiner.

Tät Ihnen aber vielleicht auch ganz gut, so verklemmt wie Sie sind. Aber bitte nicht hier. Erst in der Pause. Im Foyer.

Geht langsam ab. Winkt noch einmal. Im Zurückschauen:

Lucy: Werde mir das alles noch mal in Ruhe überlegen. Für mich ganz allein.

7. Szene: Schwärmen für Lucy. Eigentlich alle ein wenig verliebt

Bühnenbild: Vorraum mit 4 Türen. Alles etwas ordentlicher als sonst. Vor den Mülleimern ein Blumenbord. Sogar ein Blumenstrauß auf dem Tisch. Alle kommen nach und nach zum Essen - mit neuer Frisur: Axel blond, Utz mit Irokesenschnitt, Dani mit Hut, darunter Skinhead, Martin mit Pferdeschwanz (oder ähnlich).
Zunächst nur Axel und Utz.

Utz (Psychologe): Kommt Lucy heute nicht?

Axel (Designer): Möchte mal allein sein.

Utz (Psychologe): Verärgert?

Axel (Designer): Nicht, dass ich wüsste. Gäb es einen Grund?

Utz (Psychologe): Hätte ja sein können.

Axel (Designer): Nee, im Gegenteil. Hat uns sogar einen Teller mit Antipasti für heute Abend gebracht, wünscht guten Appetit und lässt schön grüßen.

Utz (Psychologe): Ist schon ein tolles Mädchen.

Dani kommt hinzu

Dani (Mediziner): Ich glaub, sie mag uns.

Axel (Designer): Kannst du das etwas genauer sagen? Wen meinst du, mag sie?

Utz (Psychologe): Fragen wir doch einmal umgekehrt: Wen von uns mag sie nicht?

Schaut sich im Kreise um. Inzwischen ist auch Martin erschienen. Schweigen.

Martin (Philosoph): Sprecht ihr von Lucy?

Utz (Psychologe): Von wem sonst? Ein tolles Mädchen. Sag ich doch. Und immer gut gelaunt.

Martin (Philosoph): Und lieb und freundlich – und überhaupt.

Utz (Psychologe): Und fleißig. So sauber und ordentlich war es noch nie bei uns.

Dani (Mediziner): Wir bezahlen sie ja auch ganz gut. Oder?

Utz (Psychologe): Das allein ist es nicht. Sie fühlt sich einfach wohl bei uns.

Martin (Philosoph): Hat sicher sonst niemanden.

Utz (Psychologe): Wäre uns ja auch recht so.

Dani (Mediziner): Sagt mal, nutzen wir sie eigentlich aus?

Axel (Designer): Wie meinst du das?

Utz (Psychologe): Ok, sie verdient bei uns ganz gut, sagst du. Aber sie frisiert uns ja nicht nur und macht sauber - ich meine - wie soll ich sagen?

Martin (Philosoph): Du meinst, weil sie…, sagen wir…, ab und zu über Nacht bleibt. Stimmt doch. Oder?

Allgemeines Kopfnicken.

Axel (Designer): Ist ja auch in Ordnung. – Für uns. Aber für sie?

Utz (Psychologe): Tut sie freiwillig. Nimmt auch kein Geld dafür. Ich nehme an, sie mag das.

Dani (Mediziner): Also nicht wie bei der Kleinen von der Abi-Party!

Axel (Designer): Mochte die das nicht? Wir haben sie doch gut bedient. Oder?

Dani (Mediziner): Vier Rüden an einem Knochen!

Utz (Psychologe): Knochen? Sei nicht so gemein.

Dani (Mediziner): Gut. Dann halt Leckerli.

Utz (Psychologe): Frage der Perspektive. Für sie: Vier saftige Fische an einer Angel!

Axel (Designer): War aber auch was anderes damals. Hier ist das jetzt mehr wie eine große Familie.

Utz (Psychologe): Was für Vorstellungen hast du denn von einer Familie?

Dani (Mediziner): War nicht das richtige Wort. Geb ich zu. Aber wie soll ich sagen? Verstehst du nicht? Ist doch schon lange keine reine Geschäftsbeziehung mehr.

Utz (Psychologe): Eine 68-er-WG, nur eben im 21. Jahrhundert.

Dani (Mediziner): Genau. Gilt aber heute schon wieder als abartig.

Axel (Designer): Um ehrlich zu sein, ich empfinde das überhaupt nicht als abartig. Tut mir leid. Ist doch wunderbar, wenn Lucy in meinen Armen einschläft. Und für sie doch auch. Merkt man doch.

Martin (Philosoph): Sonst käme sie ja nicht.

Dani (Mediziner): Stimmt. Meist sogar ziemlich schnell.

Utz (Psychologe): Denkst schon wieder nur an das Eine.

Martin (Philosoph): Keiner zwingt sie. - Siehst du ja. Heute will sie allein sein. Gut. Soll sie. Darf sie. Ist doch Ok.

Axel (Designer): Und wie soll das weitergehen?

Axel (Designer): Irgendwie müsste mal wieder etwas Besonderes passieren.

8. Szene mit Kadenz: Doktorfeier mit Lucy

Bühnenbild: Vorraum mit 4 Türen. Alle offen. Tisch, Gläser etc. 5 Stühle, alle Vier anwesend.

Axel (Designer): Endlich ist mal richtig was passiert.

Lucy kommt dazu.

Axel (Designer): Komm Lucy, setz dich auf meinen Schoß. Heute feiern wir. Vier frischgebackene Doctores!

Lucy setzt sich auf Axels Schoß.

Dani (Mediziner): Sag mal Axel, wieso sollte sie sich ausgerechnet auf *deinen* Schoß setzen?

Axel (Designer): Weil ich sie entdeckt habe. Zu mir ist sie gekommen, bevor sie von euch überhaupt wusste.

Dani (Mediziner): Tempora mutantur!

Axel (Designer): Habt ja recht.

Axel gibt Lucy frei. Lucy gibt Axel einen Kuss und macht blitzschnell die Runde. Immer wieder. Schließlich stellen sie vier Stühle in eine Reihe, Sitzflächen zum Zuschauerraum hin. Lucy legt sich über die Schöße von allen vieren. Stützt ihren Kopf auf einen Ellenbogen und posiert für die Zuschauer wie für ein Foto.

Raum für eine Kadenz:
Dem aufführenden Team wird hier Gelegenheit geboten, Texte mit eigenen Ideen in Form einer Kadenz unterbringen:
Heitere Dialoge mit Zeit- und lokalem Bezug am Rande des Kabaretts.
Oder vier Damenreden.
Oder es ist eine Karnevalsfeier mit Büttenreden oder ganz etwas anderes nach den Vorstellungen des Ensembles bzw. der Regie. Vielleicht sogar mundartlich.
Falls keine Kadenz erwünscht, dann halt ohne. Die Szene wird dann mit Lucys folgenden Worten abgeschlossen:

Lucy zum Publikum: **Hab noch nie mit einem Doktor geschlafen. Und dann gleich mit vieren! Einen nach dem anderen will ich heute.**
Lucy schaut zu den Doktores hoch: **Immer wieder, bis ihr nicht mehr könnt. Wer am längsten durchhält, kriegt mich für den Rest der Nacht. Honoris causa.**
Lucy zum Publikum: **Keine Angst! Hab nur mal so gesagt. Überkam mich halt einfach mal so.**

Erste Theaterpause 15 Minuten

9. Szene: Lucy Monolog 2

Bühnenbild: Vorraum mit 4 Türen. Ein Scheinwerfer, auf Lucy gerichtet, geht langsam an. Lucy allein auf der Bühne. Mit einer Flasche in der Hand. Tut so, als sei sie betrunken. Lallt. Eventuell ein wenig stotternd.

Lucy: Bin gleich hier oben geblieben. Hab mir Mut angetrunken.

Nimmt einen Schluck aus der Flasche. Schaut unsicher um sich.

Lucy: Was will ich hier eigentlich? Wollte doch noch was? Ach ja. Meine Jugend. Wollte Ihnen meine Jugend erzählen. Wollte ich eigentlich schon vor der Pause. Hab mich aber nicht getraut. Ist nämlich nicht jugendfrei. Ist da jemand unter 18? Nee, ne?

Geht an den Bühnenrand. Wirft die Flasche klirrend irgendwo hin (effektvoll wäre: in Richtung Publikum, wenn es der Raum ohne Gefahr zulässt.
Spricht dann wieder ganz nüchtern.

Lucy: Nee, also Spaß beiseite. Der Utz hat mir geraten, in der Pause *keinen* Alkohol zu trinken. - Im Gegensatz zu Ihnen – Sie *haben* doch wohl hoffentlich – ich meine von wegen Theaterfinanzierung. Aber das da - zeigt in die Richtung, in die die Flasche geflogen war - war alkoholfrei. So sind echte Freunde. Nicht gerade bequem. Aber hilfreich. Hat mich richtig aufgebaut, der Junge. Hat gesagt, die ersten Sätze muss ich auswendig können, mitsamt der Betonung, um es dann vortragen zu können ohne nachzudenken. Das entspräche meinem Naturell – nein, hat er nicht gesagt – aber: das gebe Sicherheit.

Lucy, räuspert sich: Fangen wir an:

Lucy, holt Luft: Ich wurde stockkonservativ erzogen. Stellen Sie sich eine streng muslimische Familie vor. In einem anatolischen Dorf. - War kein anatolisches Dorf. Klar. Aber von einem anatolischen Dorf haben Sie als Deutsche eine ganz feste Vorstellung. Also: finsterstes Anatolien.

Lucy leise, mit vorgehaltener Hand zum Publikum: Bis hierhin war es auswendig.

Lucy: Aber - Nee, nix Anatolien. War in Wahrheit auf der anderen Seite des Ozeans. Brasilien. Ein Dorf. - Fast wie in Gallien. Jeder kannte jeden. Fundamental katholische Familie und Gesellschaft. Sittenstrenge Doppelmoral. - Kann sich hier und heute keiner mehr vorstellen.

Unbemerkt von Lucy öffnet sich Axels Zimmertür. Axel kommt erstaunt auf die Bühne, bleibt aber, für Lucy verborgen, an der Seite und lauscht. Einmal, als sie eine kleine

Pause macht, will er sie unterbrechen und etwas zu ihr sagen. Dann aber fährt sie fort, und er hört schweigend weiter zu.

Mit Vierzehn verliebte ich mich zum ersten Mal. Und gleich heftig, und es kam zu dem, was nicht sein durfte. - Danach warf er mich weg. Aber nicht ganz, das wäre noch gegangen. Meinen Körper behielt er für sich. Aber mich, ich meine die Person, die in dem schönen jungen Mädchenkörper wohnte, die schleuderte er auf den Müll.

Er zwang mich. Drohte, es meinen Eltern und in der Schule zu sagen und machte mir Angst. - Gut. Ehrenmord[9] gab es bei uns nicht. Trotzdem, es wäre mein Ende gewesen: Entehrung, Verachtung, Ausstoßung aus der Familie, Schulabbruch, lebenslänglich ohne Heiratschancen.

Ich musste immer, sobald er wollte, für ihn verfügbar sein. Drei Jahre lang benutzte er mich wie ein Freudenmädchen. Aber ohne Bezahlung. Manchmal mit Gewalt. Schlimmer als im Bordell. Ich war seine Sklavin.

Trotz alledem schaffte ich den Abschluss im Gymnasium und im College. War sogar Sprecherin des Studentinnenheims. Verstand mich glänzend mit meinen Lehrern.

Dann lief ich davon – von ihm und der Familie und all meinen Freunden. Zunächst nach Porto Allegre als Kellnerin.

Sex und Liebe hatten für mich nichts mehr mit einander zu tun. Gelegentlich Sex, OK. Rein lokal. Warum nicht. Kann ja ganz schön sein.

Trotzdem war mein Gemüt naiv. Ich verliebte mich nach einer Weile wieder. Offenbar war ich dazu immer noch fähig. - ‚Schmetterlinge im Bauch', sagt man hier wohl. Ja, Sie haben richtig gehört. Wunderte mich selbst. Alles schien endlich gut zu werden. Ich begann allmählich wieder an die Liebe zu glauben. Jouano hieß er. Arbeitskollege. Oberkellner im gleichen Hotel. Fürsorglich und zärtlich. Aber dann, als er mehr wollte, kamen die Bilder von früher zurück. Die Schmetterlinge flogen davon. - Schmetterlinge flogen davon? – Schmetterlinge? Etwas stob auseinander und schoss, zu Tode erschreckt, in die Höhe, wie Hunderte von fetten Brummern, die von ihrem warmen Kuhfladen flüchten.

Ich meine, ich hätte es ja über mich ergehen lassen können. Hätte mir nicht viel ausgemacht. Kein Problem. Aber ohne innere Beteiligung. Mehr war nicht drin. Hatte es zwangsweise zu oft so machen müssen. – Aber ich wollte das nicht.
Er glaubte, ich ziere mich, ich sei Jungfrau.
Als ich ihm gestand, dass ich nicht mehr unberührt war, schickte er mich in die Wüste.
Ich gab mich auf. Setzte mich in die Badewanne durchschnitt die Pulsadern ...
Immerhin hat er mich gerettet.
Nachdenkliche Pause. Dann fasst sie sich wieder. Geht näher an den Bühnenrand.
Danke, Jouano! Denn hier, bei diesen vier Männern, bin ich wieder Mensch geworden. Frisiere, putze, ja, und liebe endlich wieder. Sie haben richtig gehört: ich liebe wieder. Und nicht etwa nur im Sinne des schäbigen Exportartikels angelsächsischer Linguistik ‚make love'. – wendet sich bewusst an eine imaginäre Gruppe im Publikum: Gut. Ich weiß, auch die sonst so charmeverdächtigen Franzosen haben es übernommen und sogar adoptiert.
Horcht ins Publikum, scheint etwas zu hören.
Richtig. ‚faire l'amour'.
Nein, ich *mache* nicht Liebe, ich erfahre sie. – zögernd - Na ja, das andere natürlich auch. Gehört schließlich dazu. Schmeichelt mir natürlich zu sehen, dass sie so eine Freude daran haben.
Und - es ist ansteckend. Inzwischen geht es mir wie ihnen. Macht total Spaß. Bin beinahe süchtig. So drei- bis viermal in der Woche soll ja auch gesund sein. - Grinsend - Auch für uns Frauen. Für unser Seelenleben, meine ich.
Denkt nach.
Lucy: Und - warum eigentlich nicht? - In dem anatolischen Dorf in Ihren Köpfen – tut so als spräche sie einen einzelnen Zuschauer an - Verzeihung, ich wollte Sie nicht kränken, ich meine nicht Sie persönlich sondern natürlich nur die Deutschen im allgemeinen - also dort in Anatolien haben die Männer immer vier Frauen. – Ja! - Alle. - Immer.

Nur keinen Neid, ihr Männer! - Würdet ihr doch vermutlich überhaupt nicht schaffen, so einen Stress – ich meine, so als untrainierte Westeuropäer.
Aber denen da in Anatolien macht das Spaß. Ich meine: den Männern. Ich meine: wenn sie vier haben. Ich meine: bei den Frauen bin ich mir nicht so sicher. Ich meine – grinst: hängt natürlich von dem Mann ab. –
Und wenn nicht. Geteiltes Leid ist halbes Leid. – Manchmal. – Sie verstehen, ich meine: für die, denen es keinen Spaß macht.
Aber:
Macht eine Pause, tritt noch näher an den Bühnenrand, so als hätte sie plötzlich eine Idee:
Ernsthaft: Eigentlich wäre ich *gern* so ein Mann in so einem anatolischen Dorf.
Ob es nicht auch Länder gibt, wo das auch für Frauen erlaubt ist? Gab's nicht früher irgendwann mal so was Ähnliches bei den Amazonen? Würde ich glatt auswandern.
Obwohl, in einem durchemanzipierten Land wie Ihrem ist es doch nur eine Frage der Zeit, bis wir ... Wär gar keine schlechte Idee – ich meine für uns Frauen.
Lucy, Verschmitzt: Und glaubt mir. - weist mit der Hand auf die Türen der vier Männer - Ich weiß, wovon ich rede.
Pause.
Lucy tritt ganz an den Bühnenrand. Ganz sachlich wie eine Regieanweisung:
War etwas zu lang. Ich weiß. Tut mir leid. Gehört auch nicht zum Stück. Steht nirgends im Text. Musste aber mal gesagt werden. Hat gut getan. Ja wirklich. Bin so richtig ins Quatschen gekommen. Habt Ihr ja gemerkt.
Danke fürs Zuhören.

10. Szene: Axel und Lucy

Zweiter Scheinwerfer geht langsam an und macht Axel sichtbar. Lucy dreht sich um, und ihr wird klar, dass Axel den Monolog - ungewollt? - angehört hat. Es kommt zu einer Aussprache zwischen den beiden:

Lucy: **Du hast gelauscht?**

Axel (Designer): **Nein.**

Lucy: **Was dann?**

Axel (Designer): **Ich kam zufällig dazu.**

Lucy: **Sag ich doch. Hast gelauscht. War nicht für deine Ohren bestimmt. Das wusstest du ganz genau. Und hast nichts gesagt. Geschmacklos.**

Lucy geht bei den letzten Worten wütend mit geballten Fäusten auf Axel zu. Will ihn verprügeln. Axel hält sie bei den Handgelenken fest, führt ihre Hände behutsam vorsichtig an seinen Mund und küsst sie liebevoll.

Axel (Designer): **Ich hätte es sonst wohl nie erfahren.**

Lucy: **Solltest du auch nicht.**

Axel (Designer): **Warum nicht? Ich mag dich. Du interessierst mich. Du, Lucy. Ja. Du selbst. Deine Person. Nicht deine Brüste und Schenkel. Die auch. OK. Aber so etwas könnte ich mir auch sonst wo kaufen. Was dahinter geschieht, in deinem Kopf, in deinem Herzen, das möchte ich kennenlernen. Sind wir nicht Freunde?**

Lucy: **Mag ja sein. Aber trotzdem. Heimlich lauschen geht gar nicht.**

Axel (Designer): **Ganz am Anfang wollte ich mich ja auch melden. Aber dann…**

Lucy: **Aber dann? Was aber dann?**

Axel (Designer): **Ich war bestürzt. Es ging nicht mehr. Ich musste alles wissen, bis zum Ende, um dich endlich begreifen zu können. Du warst mir ein Rätsel. Sollten denn nur** – weist auf das Publikum - **die da unten alles wissen und dich verstehen und ich nicht?**

Lucy: **Nun weißt du es also auch.**

Axel legt ihre inzwischen nicht mehr zu Fäusten geballten Hände an seine Wangen. Und gibt sie dann frei.

Axel (Designer): **Nun darfst du mich schlagen, wenn du es noch willst.**

Lucy bewegt sich nicht. Sie behält seinen Kopf zwischen ihren Händen. Schaut ihn lange an. Zunächst noch verärgert. Dann kommt ein Lächeln in ihr Gesicht. Schließlich gibt sie ihm einen freundschaftlichen Versöhnungskuss auf den Mund.

Axel (Designer): Danke! Ich bin so froh, jetzt, wo ich endlich mitkommen habe, wer du wirklich bist, wo ich beginne, nachfühlen zu können, wie du...

Lucy legt einen Zeigfinger auf seinen Mund. Axel schweigt einen Augenblick. Dann nimmt er behutsam ihren Finger von seinen Lippen und legt seine Arme behütend um sie.

Axel (Designer): Du Arme!

Lucy macht sich los. Lacht ihn an.

Lucy: Psst! Sieh es anders. Hast du nicht gehört? Ich hab jetzt meinen kleinen Amazonenharem! Ich fühl mich pudelwohl in meiner Rolle.

Axel (Designer), erschreckt: Ist das wahr?

Lucy (lachend): Hättest du wohl nicht gedacht!

Axel (Designer): Ich weiß nicht warum, aber irgendwie, wie soll ich sagen...

Lucy: ... findest du das doch schlimm, was ich hier treibe.

Axel (Designer): Im Prinzip schon. Aber bei dir ist das ganz anders. Nicht schlimm... Ich weiß nicht, wie ich es ausdrücken soll. - Es ist vielleicht übertrieben, aber für mich hattest du von Anfang an etwas – wie soll ich sagen – ja: etwas von einem Engel. - Denkt nach – Richtig: Von einem Engel, der ein schlimmes Geheimnis hütet.

Lucy: Von einem Engel? Von einem gefallenen, meinst du?

Axel (Designer): Nein. Nicht Mephistopheles. Im Gegenteil.

Lucy: Goldhaar und weißes Nachthemd?

Axel (Designer): Nicht wirklich. Aber schon eher als Mephisto.

Lucy, immer noch schelmisch lächelnd: Sag mal, hast du das öfter?

Axel (Designer): Öfter wäre zu viel. Wie oft verliebt man sich? Eigentlich eher selten. Aber - soll ich ehrlich sein? - wenn mich eine schöne Frau gefangen nimmt, geht es mir immer so. Lange bevor ich mich wirklich verliebe, bete ich sie schon an wie einen Engel.

Lucy: Mit weißen Flügeln?

Axel (Designer): Nein. Sag ich doch. Aber rein und unberührt.

Lucy: *Ich* bin dann ja wohl nicht der Typ, in den du dich verlieben würdest.

Axel (Designer): Im Gegenteil.

Lucy: Ich rein und unberührt? Lacht laut über sich selbst.

Axel (Designer): Ich glaube, du verstehst das nicht.

Lucy wieder ernst: Sei ehrlich! Rein und unberührt? Hast du mich je so gesehen?

Axel (Designer): Von Anfang an.

Lucy: Von Anfang an? Und zwischendurch?

Axel (Designer): Na ja, manchmal weniger. Das andere hat ja auch Spaß gemacht.

Lucy: Sex meinst du? Kann ich verstehen. Engel sind eigentlich geschlechtslos. Können Männer natürlich wenig mit anstellen. So was Verdorbenes wie ich ist euch da schon lieber.

Axel (Designer): Lucy! Bitte!- Mach nicht alles kaputt!

Lucy: Ich werde mich hüten!

Lucy umarmt ihn spontan.

-

Die anderen Türen öffnen sich. Axel reißt sich los und verschwindet blitzschnell im Dunkel hinter seiner Zimmertür.

Dani (Mediziner): Ist da jemand?

Martin (Philosoph): Ach du, Lucy. Hallo! Mit wem redest du da?

Lucy: Mit mir selbst.

Martin (Philosoph), schaut um sich: Ach ja, klar, ist ja sonst keiner da. Zeigt dann ins Publikum:

Martin (Philosoph): Da unten die sagen ja nichts.

Utz (Psychologe)- genervt, schaut auf die Uhr: Können wir jetzt weitermachen? Ich meine mit dem Stück.

Lucy reagiert nicht.

Utz (Psychologe), hält inne, dann liebevoll besorgt zu Lucy: Oder ist was? - Böse?

Martin (Philosoph): Traurig?

Dani (Mediziner) tritt auf sie zu: Bestimmt nicht?

Martin (Philosoph): Hat dich dein Monolog zu sehr mitgenommen?

Lucy: Nein, geht schon.

Utz (Psychologe): Wir könnten sonst auch eine Pause machen. Weist auf das Publikum – wenn die einverstanden sind.

Lucy: Nein, alles gut.

Dani (Mediziner): Fühlst Du dich unwohl?

Lucy: Ganz im Gegenteil.

Axel kommt während der Szene wieder dazu. Alle vier Männer treten besorgt ganz nahe an sie heran.

Lucy: Eigentlich bin ich sogar glücklich.

Nimmt sie alle vier auf einmal in den Arm. Zwinkert dem Publikum zu.

Lucy: Sind die nicht süß?

11. Axel und sein Bild

Bühnenbild: Axels Atelier. Er schaut kritisch auf die Leinwand, die auf der Staffelei steht.

Axel (Designer)- zu sich selbst: Seltsam. Ich wollte ein wunderschönes Bild von dieser wunderschönen Frau malen. Jetzt ist es fertig. Vermutlich *ist* es sogar wunderschön. Aber es gefällt mir nicht.

Axel (Designer), nachdenklich: Hübsch und verführerisch sieht sie darauf aus. Sehr verführerisch sogar. Aber eben lediglich hübsch und verführerisch. Martin findet es toll. Ob ich ihr nicht noch ein großzügiges Dekolleté machen könnte, hat er gefragt.

Bei den folgenden Worten stellt er das Bild (ggf. Version ‚Utz' von Szene12) an die Seite zu anderen Gemälden und stellt eine neue, leere Leinwand auf die Staffelei.

Axel (Designer): Jeder würde sie sofort erkennen. Aber für mich ist das nicht Lucy. Eine hohl lächelnde Madonna. Mir schwebt eher eine rätselhafte Mona Lisa vor. Nur eben anders. Ich kenne sie nun doch. Ich glaube fast, ich liebe sie. Ich möchte mehr. Ihre ganze Lebensgeschichte soll es werden. Nicht bloß hübsch und verführerisch. Ein Portrait meiner Lucy mit allem was ich von ihr weiß oder ahne, was ich an ihr sehe und was ich in ihr sehen möchte.

Lucy kommt dazu. Geht auf ihn zu, begrüßt ihn zärtlich. Schaut auf die leere Leinwand.

Lucy: Malst du was Neues? Wo ist denn das andere? Hast du es versteckt?

Lucy sucht ungeduldig in den abseits stehenden Leinwänden und entdeckt den ersten Entwurf in der Ecke des Ateliers. Geht hin, nimmt es in die Hand und schaut es an.

Lucy: Es ist doch gut! Nur...

Betrachtet nachdenklich das Bild. Geht mit dem Bild auf Axel zu.

Lucy: Bin ich wirklich so schön?

Axel (Designer): Ja. Bist du. Sagen die anderen auch. Jedenfalls Daniel und Martin. Betrachten es genüsslich als wäre es ein Playboy-Cover. Die da - er deutet auf sein altes Bild – ist vielleicht *deren* Lucy. Aber nicht *meine* Lucy.

Lucy: *Deine* Lucy?

Axel (Designer): Du hast richtig gehört: ‚Meine Lucy'.
Axel will sie umarmen. Sie weicht aber zurück. Nicht tadelnd abweisend, aber immerhin.

Lucy: *Deine* Lucy? Du meinst, *deine* Lucy ist anders als, sagen wir, Martins Lucy?

Axel (Designer): Ich glaube schon. Und auch anders als Utzens Lucy und ganz anders als Danis Lucy. Ich mal es neu. Hilfst du mir? Pass auf. Wir machen ein paar Skizzen, und dann mal ich ein ganz anderes Bild.

Lucy: Skizzen?

Axel (Designer): Nicht mit Pinsel oder Bleistift.
Axel räumt die Staffelei weg, holt ein Stativ, auf dem seine Kamera montiert ist und stellt je einen Stuhl neben das Stativ und dorthin, wo die Staffelei gestanden hatte. Dann setzt er sich mit dem Fernauslöser in der Hand neben da Stativ.

Axel(Designer): Setz dich. – Ja, so ist es gut.

Lucy: Soll ich lächeln?

Axel (Designer): Nicht unbedingt. Musst du selbst wissen. Bist doch Schauspielerin. Spiel einfach ‚Lucy'.

Lucy: *Deine* Lucy?

Axel (Designer): OK. Wenn du meinst, sie zu kennen.
Axel wartet einen Moment, dann löst er den Blitz aus

Axel (Designer): Oder denk an irgendetwas. Zum Beispiel an deine Arbeit im Frisiersalon. An den Chef, an die Kasse, halt an deine Arbeit.
Axel wartet einen Moment, dann löst er den Blitz aus

Axel (Designer): Gut so. Jetzt stell dir vor, deine Lieblingskundin betritt den Laden. Lächle sie an.
Axel löst nach einer Weile den Blitz aus

Axel (Designer): Und jetzt kommt eine ganz unsympathische, nie zufriedene, mürrische Kundin in den Laden. Eine richtige Zicke. Lächle sie trotzdem an.
Axel löst nach einer Weile den Blitz aus

Axel (Designer): Jetzt stell dir vor, nicht ich, sondern Utz säße hier vor dir.
<small>Axel löst den Blitz aus.
Lucy macht Anstalten, etwas zu sagen.</small>

Axel (Designer): Psst! Nicht reden, nur nachdenken.
<small>Axel löst nach einer Weile den Blitz aus</small>

Axel (Designer): Und nun schau mich an. Denk an gestern, als ich du mir Modell gesessen hattest, ich meine an die Momente danach.

Lucy: Kann ich nicht auf Befehl.

Axel (Designer): Versuch es mir zuliebe. Versuch, es dir in Erinnerung zu bringen. Bitte.
<small>Axel löst nach einer Weile den Blitz mehrfach aus.</small>

Lucy: Warum so oft?

Axel (Designer): Fand ich interessant.

Lucy: Gefiel dir wohl. War aber nur gespielt.

Axel (Designer): Ich weiß.

Axel (Designer) – plötzlich ziemlich laut: Und nun stell dir vor, du wärest schwanger.
<small>Lucy sieht ihn entsetzt an. Dann verändert sich ihr Gesichtsausdruck. Fast lächelt sie. Axel löst währenddessen sofort und dann noch mehrfach den Blitz aus. Am Ende grinst Lucy schelmisch.</small>

Lucy: Von wem?
<small>Axel löst den Blitz aus.
Keine Antwort.</small>

Lucy: Von dir?
<small>Keine Antwort. Blitz</small>

Lucy: Würden wir es behalten?

Axel (Designer): Nein. Auf keinem Fall.
<small>Axel löst sofort den Blitz aus, steht auf und umarmt sie.</small>

Axel (Designer), zärtlich: Nein, nein, hab ich nur so gesagt. Das war nur eine Skizze für das Bild. Musste sein.
<small>Axel drückt sie liebevoll. Dann geht er zurück auf seinen Stuhl</small>

Axel (Designer): Ist doch klar. Wenn es unseres wäre – natürlich würden wir es behalten.
<small>Blitz.</small>

Lucy: Auch nur so gesagt?

Axel (Designer), verlegen: Nein.

Axel (Designer), fängt sich wieder: Und jetzt stell dir vor, du hättest unser Baby auf dem Arm und zeigtest es mir zum ersten Mal.

Axel löst sofort den Blitz aus.

Lucy: Soll ich dich anlächeln?

Axel (Designer): Tust du doch ohnehin schon. Merkst du das nicht?

Lucy lacht. Axel löst den Blitz aus.

Axel (Designer): Jetzt stell dir vor, ich säße hier vor dir und wir hätten Streit.

Lucy: Das möchte ich nicht.

Axel (Designer): Ich auch nicht.

Axel löst den Blitz aus.
Axel steht auf, geht auf Lucy zu, kniet sich vor sie

Axel (Designer): Ich liebe dich.

Axel löst den Blitz aus (mit dem Fernauslöser in seiner Hand)

Lucy: Schade, dass das nur gespielt ist!

Lucy lacht. Axel löst den Blitz aus.
Lucy nimmt Axel in den Arm. Axel löst den Blitz aus.

12. Szene: Lucy schwanger

Wochen später. Bühnenbild: Vorraum mit 4 Türen. An den Wänden Axels Gemälde von Lucy.
Die vier Männer davor stehend. Axel mit Zeigestock erklärt ihnen die Bilder.
Das jeweils angesprochene Bild projiziert ein Beamer. Die erklärenden Worte von Axel sind zunächst nicht zu verstehen.

für Daniel Gynäkologe   für Utz, Psychologe   für Martin, Heideggerianeri   für Axel, Maler (verhängt)

Martin (Philosoph) zu Axel: Und die hast du alle in so kurzen Zeit gemalt?

Axel (Designer): War anstrengend. War aber eine tolle Zeit.

Utz (Psychologe): Wo die Liebe hinfällt ...

Dani (Mediziner) - grinst ordinär: ...da bleibt kein Pinsel trocken!

Utz (Psychologe): **Aber warum gleich vier?**
Axel (Designer): **Für jeden eines. Dies ist für Utz, dies für Martin, das da drüben für Daniel.**
Dani (Mediziner): **Für mich die nackte Lucy?**
Axel (Designer): **Bist schließlich Gynäkologe. Außerdem ist sie nicht nackt, lediglich ziemlich unverhüllt. Gefällt sie dir nicht? Ich könnte ihr auch schnell was überziehen.**
Holt Pinsel und Farbe und macht Anstalten, das Bild zu übermalen. Daniel hält ihn davon ab.
Dani (Mediziner): **Nein lass. Ist perfekt so. Mich stört ja nur, dass es von dir ist. Ich meine dass du sie auch so gesehen und stundenlang genüsslich gemalt hast.**
Martin (Philosoph) zu Axel: **Vorsicht, sie kommt.**
Axel (Designer): **Sie kennt doch die Bilder. Außerdem habe ich Erlaubnis, sie euch zu zeigen.**
Martin (Philosoph) zu Axel: **Alle?**
Axel (Designer): **Alle. Nur das eine, das hab ich verhängt. Es ist für mich selbst. Ich möchte es noch niemandem zeigen.**
Zeigt es, aber so, dass die anderen es nicht sehen können, dem Publikum. Das Gespräch verstummt. Alle 4 drehen sich mit ernsten Gesichtern zu ihr hin, als Lucy näher kommt.
Axel (Designer): **Hallo Lucy. Schön, dass du da bist.**
Martin (Philosoph) schaut zu den übrigen. Dann : **Sollen wir jetzt? Meint ihr, das ist der richtige Augenblick?**
Dani (Mediziner): **Klar. Wann sonst?**
Die andern nicken zustimmend.
Utz (Psychologe) zu Lucy: **Komm, Lucy, setz dich zu uns. Wir müssen was besprechen.**
Setzen sich. Sagen aber nichts.
Martin (Philosoph): **Los Utz, sag es schon. Wolltest du nicht?**
Utz druckst herum dann:
Utz (Psychologe): **Geht uns ja eigentlich nichts an. Das heißt in gewisser Weise natürlich doch. Ziemlich sogar. Ist mir aber nun doch etwas peinlich.**
Martin (Philosoph): **Nun reiß dich doch mal am Riemen!**
Utz (Psychologe): **Wie meinst du das? Ach so ja. Klar. Riemen. Verstehe.**
Konzentriert sich.
Weiter Utz (Psychologe), erst ganz langsam, dann schneller werdend:

Utz (Psychologe): Also ich meine – und glaub mir, liebe Lucy, wir lieben dich alle und nehmen das ganz ernst... Wo war ich jetzt stehen geblieben?
Martin (Philosoph): Dass du Lucy liebst.
Utz (Psychologe): Stimmt. Ja.
Utz erschrickt.
Utz (Psychologe): Hab ich das gesagt?
Martin (Philosoph): Na ja, nicht so direkt. Aber...
Utz (Psychologe): Genau. Jetzt weiß ich wieder was ich sagen wollte...
Martin (Philosoph): Bitte, lieber Utz, nicht was du sagen *wolltest*, sondern was du sagen *solltest*.
Utz (Psychologe): Ja stimmt. – Aber das kann man ja nicht einfach mal so – ihr versteht doch – es muss vielmehr das ganze drum und dran – ich meine von wegen Umfeld – Gesellschaft und so – ihr versteht...
Alle: Ja, sehen wir auch so.
Utz (Psychologe): Also: Ich meine - bei einer solchen Frage – ich meine Problem – müssen die Ursachen – aber die kennen wir ja – na ja, wer, wenn nicht wir – und vor allem die ganzen Konsequenzen – ich meine physisch wie psychisch und letztlich sogar gesellschaftlich – das sogar vor allem – vom Moralischen ganz zu schweigen – religiös gebunden sind wir ja wohl alle nicht, oder? - Schaut sich fragend im Kreise um - Also all das muss reiflich – und ich meine das wirklich so: reiflich – ihr versteht – mit aller uns zur Verfügung stehenden Reife – und mit Einfühlungsvermögen natürlich, und ohne jeglichen Chauvinismus – ich meine Überheblichkeit – vorurteilsfrei also – und ohne Egoismus – schließlich, wer sind wir denn? – ich meine vor allem auch die arme Lucy – nein, wollte ich nicht sagen – nein, nicht arm – das trifft es nicht – im Gegenteil – andere Frauen in ihrem Zustand – nein, so meine ich das nicht - ich meine im Gegenteil vielleicht ...
Bricht ab. Wendet sich an Dani (Mediziner):
Utz (Psychologe): Ach mach du das, Dani. Bist schließlich der Fachmann. Hast Gynäkologie studiert. Verstehst Frauen doch viel besser als wir. Schaust viel tiefer in ihre Seele.

Axel (Designer): Seele nennst du das?

Martin (Philosoph): Richtig. Die Dinge liegen hier tiefer!

Dani (Mediziner): Liegt eigentlich am Rande von medizinischer Anamnese. Erfordert Taktgefühl. Solltest du also als Psychologe von Berufswegen eigentlich besser können.

Utz (Psychologe): Takt hin, Takt her, nun mach schon.

Lucy: Was habt ihr denn? Seid doch sonst nicht so! Was ist denn los mit euch?

Utz (Psychologe): Nein, eigentlich gar nichts. Wir sind nur etwas unsicher. Oder, sagen wir, wenn man es genau betrachtet, ich meine, vielleicht ist doch...

Die Vier schauen sich vielsagend an. Nicken dann Dani auffordernd zu. Martin dazwischen:

Martin (Philosoph): Es geht gewissermaßen um das Sein hinter dem Sein.

Lucy schaut erst verständnislos, dann hat sie offenbar eine Idee

Lucy: Meint ihr...

Dani platzt schließlich entnervt und ungeduldig dazwischen:

Dani (Mediziner): Also so geht das nicht.

Dani sieht Lucy einen Moment ernst an. Dann spricht er sie unerwartet laut und deutlich an:

Dani (Mediziner): Sag mal, nimmst du die Pille eigentlich neuerdings durch?

Lucy völlig unbefangen:

Lucy: Pille? Die nehme ich seit einiger Zeit nicht mehr.

Vierstimmig: Oh!

Schauen sich bedeutungsvoll an.

Dani (Mediziner): Ich sag's ja: Quidquid ages prudenter agas et respice finem.

Martin (Philosoph): Und was soll das heißen, du betagte finstere Höhlung des Gesäßes?

Martin (Philosoph) – zum Publikum: Das wird bös enden.

Lucy: Warum fragst ihr?

Dani (Mediziner): Ist das nicht riskant? Ich denke..., wenn ich das so als Mediziner, also ich meine... -

Lucy: Stimmt. Vor ein paar Monaten war es noch riskant. Da hatte ich sie mal vergessen. Aber jetzt nicht mehr.

Dani (Mediziner): Jetzt nicht mehr? Nicht mehr riskant?

Dani denkt einen Augenblick lang nach.

Dani (Mediziner): **Soll das heißen...**

Lucy dreht sich ab, steckt ein Kissen unter das Kleid. Dicker Bauch.

Lucy: **Genau. Aber keine Angst. Vierlinge werden es nicht. Bei allem Respekt.** - nachdenklich - **Eigentlich schade.**

Alle vier verblüfft.

Sie zieht das Kissen unter dem Kleid weg:

Lucy: **Nein, noch ist es nicht so weit. Könnte aber so werden. Wenn ihr mir nicht...**

Dani (Mediziner): **Wenn wir dir nicht was?**

Lucy: **Zahlt ihr die Abtreibung? Ich bin über die Zeit. Ich muss ins Ausland dafür. Aber ich bin pleite.**

Dani (Mediziner): **Klar helfen wir.**

Axel (Designer): **Wer ist denn der Vater?**

Lucy: **Einer von euch.**

Utz (Psychologe): **Und wer?**

Lucy: **Wie sollte ich das wissen? Ihr seid ja alle derart kreativ...**

Fröhliches Gelächter:

Axel (Designer), nachdenklich: **Eine für alle, alle für eine!**

Martin (Philosoph): **Sag ich doch!**

Utz (Psychologe), zu Axel: **Vielleicht wenigstens Zwillinge! Eins von dir, eins von mir.**

Martin (Philosoph): **Hast wohl im Biologieunterricht geschlafen!**

Dani (Mediziner): **Doch. Geht. Bei zweieiigen.**

Männergelächter. Lucy ist enttäuscht. Versteht die Heiterkeit der Männer nicht.

Lucy: **Da gibt es überhaupt nichts zu lachen.**

Schlagartig Ruhe.

Lucy: **Ich kann kein Kind brauchen, nicht jetzt. Ich stehe kurz vor der Meisterprüfung. Und danach will ich zurück nach Brasilien. Aber ohne Kind.**

Plötzlich alle entsetzt:

Axel (Designer): **Du willst *was*?**

Lucy: **In meinem Dorf gibt es nur einen Friseur. Meine Eltern schreiben, er fühlt sich allmählich zu alt. In einem Jahr, an seinem 75. Geburtstag will er den Laden zu machen. Er würde ihn gern an mich übergeben. Und er will mich vorher einarbeiten. Es ist meine große Chance!**

Axel (Designer): **Gratuliere!**

Lucy: **Kann jetzt aber wirklich keinen dicken Bauch brauchen und ein Baby ohne Mann erst recht nicht. Ihr wisst doch. Anatolisches Dorf! Das ginge nicht. Ich wäre ruiniert. Wollt ihr das?**
Nach einer kleinen Pause weiter:
Lucy: **Ich habe nie etwas von euch verlangt. Wie sollte ich? Ihr wart immer großzügig. Aber jetzt brauche ich Hilfe. Nur einmal. Ich brauche Geld. Kriegt ihr wieder. Bestimmt.**
Utz (Psychologe): **Geht in Ordnung. Wir helfen dir. Du kehrst ohne Kind in dein Dorf zurück. Falls du das so willst. Aber überleg es dir gut. Du gehörst doch zu uns. Wie sollen wir denn ohne dich…**
Axel (Designer): **Und du ohne uns…**
Lucy: **Ich hab es mir lange überlegt. Zu lange. Sonst brauchte ich jetzt nicht eure Hilfe. Ich war hin und her gerissen. Aber ich weiß jetzt, es ist die Chance meines Lebens.**
Utz (Psychologe): **Klar helfen wir. Morgen klären wir die Details.**
Lucy: **Toll. Hatte ich auch nicht anders von euch erwartet.**
Lucy küsst alle vier und geht erleichtert ab.
Die Vier bleiben zurück. Schweigen. Axel fasst sich als erster:
Axel (Designer): **Und das Kind? Das wollt ihr einfach so ermorden? Unser Kind?**
Utz (Psychologe): **Wer spricht denn davon?**
Axel (Designer): **Hast du nicht gesagt…**
Utz (Psychologe): **Sie kehrt ohne Kind zurück. Ja, das waren meine Worte.**
Axel (Designer): **Eben.**
Utz (Psychologe): **Nun passt mal auf: In einem Jahr macht der Alte seinen Laden dicht. Sie hat also 12 Monate Zeit. Richtig?**
Sie ist überfällig, jedenfalls in Deutschland. Macht drei Monate. Richtig?
Bleiben also sechs Monate bis zum ersten Babyschrei. Richtig? Danach bleiben noch drei Monate bis zur Übergabe des Ladens. Zeit genug, um sie einzuweisen. Ist ja schließlich Meisterin bis dahin.
Sogar noch genug Zeit, dass sie sich ein wenig erholt.
Dann könnte sie das Kind hier sogar noch stillen, wenn sie will.

Axel (Designer): **Und danach?**
Utz (Psychologe): **Dreimal dürft ihr raten.**
Martin (Philosoph): **Bist du verrückt?**
Utz (Psychologe): **Eins für alle, alle für eines! Oder will einer von Euch mit nach Brasilien?**
Axel (Designer) zum Publikum: **Irgendwie *musste* ja endlich mal wieder etwas Besonderes passieren.**

13. Szene: Beschluss: gemeinsame Vaterschaft. Aber einer muss herhalten

Bühnenbild: Tür zu Axels Atelier geöffnet. Axel schaut auf die Staffelei mit einem Riesenbild von Lucy. Selbstgespräch:

Axel (Designer): **Vor drei Monaten? Klar. Bin mir vollkommen sicher. *Kann* nur so sein. Ich war ja so verliebt. Und sie auch, glaube ich.**
Schaut auf.
Axel (Designer): **Bin es ja immer noch. Und nun werde ich Vater!**
Bühnenumbau: Vorhang schließt sich und öffnet sich wieder. Blick in Martins Zimmer. Martins schaut auf ein Blatt Papier mit seinem Liebesgedicht und zitiert versonnen:

Martin (Philosoph):
   …Wär Schein nicht klein,
   würd's peinlich sein,
   im Sein zum Schein zu zwein zu sein.
   Und die Moral von der Geschicht?
   Ich möchte sagen: Ja und nein.

Besitzt mehr Tiefe als ich gedacht hatte.
Ob sie es begriffen hat? Klar! Hat dann ja die Pille abgesetzt.
Hatte schon recht, der alte Friedrich: ‚Was kein Verstand der Verständigen sieht, das übet in Einfalt ein kindlich Gemüt[10'] – ist nicht Heidegger, aber auch nicht von schlechten Eltern – äh…Vater, möchte ich sagen.
Ein schönes Gefühl, Vater zu werden.

Weiter Martin (Philosoph): **Wenn es ein Junge wird, sollte er Friedrich heißen. Wegen des kindlichen Gemüts meine ich. Hat was. Ist ja auch wieder in. Zumindest Fritz. Oder nicht? Mal googeln.**
Bühnenumbau: Vorhang schließt sich und öffnet sich wieder. Blick in Danis Zimmer. Er kommt heraus. Während seiner Worte schließt sich der Vorhang und alle vier Türen sind wieder sichtbar. Dani zu den Zuschauern:
Dani (Mediziner):**"Repetitio est mater studiorum". Gilt aber nicht für ein Bühnenstück. Viermal die gleiche Szene! Steht zwar so im Text, können wir uns aber sparen. War auch so schon ziemlich dick aufgetragen. Wollen ja nicht langweilen. Wundert ja keinen, dass wir alle vier…? Schwamm drüber!**
Dani kommt aus seinem Zimmer.
Dani (Mediziner), nachdenklich aber ein wenig ungehalten: **Ich versteh das nicht. Waren doch sonst alle so abgebrüht. Standen zur Fristenregelung. Und wenn es dann mal ein paar Wochen später ist, na und?**
"Ein Fötus mehr oder weniger, was soll's", **und was sie nicht alles für Sprüche drauf hatten!**
Und plötzlich unisono: Mein Bauch gehört mir. Und das aus dem Munde von - Männern!
Haben wohl Angst, ihre eigene Erstgeburt zu ermorden.
Na ja, erst klug schnacken, aber wenn es uns selbst betrifft….
Dani (Mediziner), nachdenklich, etwas leiser vor sich hin murmelnd: **Geht mir ja auch nicht anders.**
Bühne erhellt sich. Erst jetzt sieht man, dass der Frühstückstisch gedeckt ist. Dani kommt aus seinem Zimmer, schaut auf die Uhr
Dani (Mediziner): **Hallo Jungs, "Time!"**
Die übrigen erscheinen.
Utz (Psychologe): **Setzt Euch!**
Dani (Mediziner): **Komm mir vor wie in der Schule. Wieso bestimmst du das einfach so? Ich bleib stehen. Das Thema ist mir viel zu brisant, um es gemütlich bei einer Tasse Kaffee zu besprechen.**
Bleiben alle stehen, bzw. gehen nervös auf und ab.
Dani beginnt.
Dani (Mediziner): **Also, mir scheint, wir sind uns einig: Das Kind wird ausgetragen und bleibt bei uns hier in Deutschland. Nach Brasilien will ja wohl keiner. Ist das so?**
Allgemeines Kopfnicken.
Dani (Mediziner): **Abtreibung kommt nicht in Frage?**

Allgemeines Kopfschütteln.
Utz (Psychologe): Ist schließlich unser Baby.
Allgemeines Kopfnicken.
Axel (Designer): Sagtest du *unser*?
Dani (Mediziner): Klar. Solange wir nicht mehr wissen. Oder beanspruchst du die alleinige Vaterschaft? Wenn ja, kannst du sie beweisen?
Axel (Designer): Ich hab, mal gehört, es gibt auch einen pränatalen Vaterschaftstest.
Dani (Mediziner): Kein Problem. Aber wollen wir den?
Allgemeines Kopfschütteln.
Martin (Philosoph): Immerhin hätten wir dann Klarheit.
Utz (Psychologe): Und wenn du dann draußen vor bist?
Dani (Mediziner): Pech gehabt.
Martin (Philosoph): Bin ich aber nicht.
Axel (Designer): Klar bist du.
Utz (Psychologe): Immer mit der Ruhe. Wir haben es uns gemeinsam eingebrockt, und wir werden es auch gemeinsam auslöffeln.
Allgemeines Kopfnicken.
Utz (Psychologe): Gut. DNA-Analyse will keiner. Wir übernehmen also die Vaterschaft und die Erziehung gemeinsam.
Allgemeines Kopfnicken.
Martin (Philosoph): Nur leider, das geht nicht. - Ich meine rechtlich.
Dani (Mediziner): Na ja, einer von uns müsste sich pro forma offiziell als Vater bekennen. Einer für alle.
Utz (Psychologe): Aber die Kosten sollten wir gemeinsam tragen. Wie wäre es mit einer Stiftung?
Dani (Mediziner): Müssten wir prüfen. Stelle ich mir aber schwierig vor.
Axel (Designer): Und riskant. Dann könnte alles auffliegen.
Utz (Psychologe): Also lieber ein privater Vertrag unter uns.
Dani (Mediziner): Und wer wird der nominelle Vater? Freiwillige vor!
Keiner meldet sich.
Martin (Philosoph): Da es sich ja nur um eine *nominelle* Vaterschaft handelt, ist es im Grunde gleich, wessen Name auf dem Papier steht. Ich meine, wir sollten losen.

Allgemeines Kopfnicken.

Dani (Mediziner): OK. Ich fasse zusammen:

1. Lucy soll das Kind in Deutschland bekommen, Meisterprüfung machen und ohne Kind nach Brasilien zurück. Wir wollen alle zusammenlegen, jeder so viel er kann, und ihr ein Startkapital für ihren Frisiersalon mitgeben. Eine ausgewogene Aufteilung der Summe ermittelt Utz auf der Basis nutzentheoretischer Theorie der gleichen Opfer. –
Zu Utz: Das war doch der Titel deiner Masterarbeit. Oder?

2. Kein Vaterschaftstest. Auch später nicht. Gemeinsames Konto zur Finanzierung von Aufzucht und Studium. Lediglich formal muss einer die Vaterschaft übernehmen und die Erziehungsberechtigung beantragen. Es wird gelost.

Ich schlage vor: Flaschendrehen. Alle einverstanden?

Allgemeines Kopfnicken.

Dani (Mediziner): Worauf wartet ihr? Wo ist die Flasche? Axel, hast du noch eine Witwe?

Axel holt eine Flasche, öffnet sie und lässt sie von Mund zu Mund kreisen, bis sie leer ist. Dann legt er die Flasche auf den Boden, alle setzen sich im Kreis darum herum, Axel dreht sie mit viel Schwung an. Sie kommt, mit dem Flaschenhals auf Axel weisend, zur Ruhe.

Dani (Mediziner): Lieber Axel, herzlichen Glückwunsch! Nimmst du die Wahl an?

Axel (Designer): Ich nehme die Wahl an. Meine Schwester, ihr kennt sie ja. Sie wollte immer schon ein Baby. Ich könnte mir vorstellen, sie wird sich ein wenig um das Kleine kümmern.

Axel (Designer): Aber lasst uns noch einmal eines klären: Was die Finanzen angeht, bin ich wohl derjenige von uns, dem es am schlechtesten geht, und wenn mein Vater davon erfährt, was ja wohl unvermeidbar sein wird, ich weiß nicht, ob ich dann noch einen Cent von ihm bekomme.

Dani (Mediziner): Wir machen am besten einen notariellen Vertrag, in dem die Finanzen langfristig einkommensabhängig großzügig geregelt werden. Vielleicht doch so eine Art Stiftung. Ich kenne jemanden, der macht das. Ich gebe ihm als Gegenleistung die Möglichkeiten, über seinen juristischen Entwurf im Ärzteblatt zu berichten und ihn zu kommentieren. „Rechtliche

Grundlagen einer Gruppenvaterschaft".Das wird ein Renner. Weiß ich jetzt schon.

Utz (Psychologe): Klasse. Ich schreibe die Fortsetzung: „Psychologische Aspekte einer Gruppenvaterschaft".

Martin (Philosoph): Na klar und zur Abrundung einen Beitrag meiner Kollegin: „Psychologische und ökonomische Probleme einer Gruppenvaterschaft aus der Sicht der Mutter."

Utz (Psychologe): Und vor allem eine Talkshow zu dem Thema bei Anne Will: „Warum keine Gruppenmutterschaft für die Frau?". Als Gäste: Alice Schwarzer, Manuela Schwesig[11], Dr. Robert Zollitsch[12] und Lilo Wanders[13].

Kleine Pause.

14. Szene: Abschied

Bühnenbild: Vorraum mit 4 Türen. Dani, Utz und Martin.

Dani (Mediziner) schaut auf die Uhr: Vor einer Stunde sollte sie abfliegen.

Martin (Philosoph): Wo bleibt er denn nur?

Dani (Mediziner): Wird doch wohl nichts passiert sein?

Utz (Psychologe): Konnte sich vielleicht doch nicht trennen.

Dani (Mediziner): Du meinst...?

Martin (Philosoph): Sie hatten ja reichlich Gepäck.

Utz (Psychologe): Zuzutrauen wäre es ihm.

Martin (Philosoph): Du denkst allen Ernstes...?

Utz (Psychologe): Ohne uns was zu sagen?

Dani (Mediziner): Schau doch mal in seinen Kleiderschrank!

Utz (Psychologe): Hab ich schon. Seinen Laptop hat er hier gelassen.

Axel kehrt zurück. Mit Donata im Kinderwagen. Die anderen Drei stehen im Raum.

Dani (Mediziner): Na Gott sei Dank, da seid ihr ja!

Utz (Psychologe): Hat sie den Flieger noch erreicht?

Axel (Designer): Sie ist in den Lüften.

Martin (Philosoph): Alles ist gut.

Zweite Theaterpause 15 Minuten

15. Szene: Vier Jahre danach, Monolog Axel

Martin	Feuilleton-Journalist
Axel	Nominal Vater von Donata. eigenes Atelier: Fotos und ihre künstlerische Verarbeitung
Dani	Arzt für Allgemeinmedizin
Utz	hat immer noch reiche Eltern, ist wenig beschäftigter Psychotherapeut (Familientherapie)

Alle etwa 30 Jahre alt.
Wirken alle ruhiger. Viel Arbeit (außer Axel mit Bauchansatz). Erste graue Haare. Axel vor seinem Atelier. Schild: „Ich liebe AusländerInnen".

Axel (Designer): Hätte ich mir nicht ganz so vorgestellt. Alleinerziehender promovierter Designer: Fotografiere Liebespaare, Brautpaare, Schwangere, Babies und Hunde. Oder ich sitze vor meinem Laden und warte auf Kundschaft. Ab und zu ein wenig künstlerische Bildbearbeitung. Einmal im Jahr eine Ausstellung mit Photoshop-Creationen. Wohlwollende Anerkennung durch die örtliche Presse. Freunde kaufen auch mal ein Bild, sonst keine Nachfrage. Wenn Papa mir nicht ab und zu unter die Arme greifen würde... Tut es aber mehr für Donata als für mich. Hat sie ja auch an meiner Stelle als Erbin eingesetzt, als er mich enterbt hat.

Kleine Pause. Hängt seinen Gedanken noch ein Weilchen nach.

Axel (Designer): Wenn unsere kleine Donata nicht wäre, ich glaube, ich würde verzweifeln. Nein, nicht wegen der Finanzen. Seelisch meine ich. Könnte sie pausenlos fotografieren. Kennt sie schon. Sieht aus wie ihre Mutter. Vielleicht sollte ich nach Brasilien reisen und versuchen, Lucy zu finden, um ihr einen Antrag zu machen. Eigenartig. Mit Google haben wir sie nicht ausfindig gemacht. Lucia do Basta, Brasilien, Friseur... Bringt nichts.

Sie könnte mich ja einarbeiten. Zunächst nur als Barbier. Männer rasieren. Mit dem Messer kann ich zwar noch nicht, ließe sich aber sicher schnell lernen. Ich könnte denen dann vormachen, wie bequem es elektrisch geht. Kennen die sicher überhaupt nicht in den Dörfern.

Denkt nach:

Axel (Designer): Oder: Lucy hat immer gemocht, wenn ich sie massiere... Ließe sich vielleicht auch ausbauen. Ein Doktor, der massiert... Natürlich nicht so wie bei Lucy. Müsste schon Wirkung zeigen. Obwohl... hat es bei ihr ja auch. Fand sie immer ganz toll. Konnte nie genug bekommen...

Schweigt, schließt die Augen.
Kleine Pause

Axel (Designer): Ja, Ja.

Kleine Pause. Steht auf:

Axel (Designer): Irgendwie jedenfalls müsste endlich mal wieder etwas Besonderes passieren!

16. Szene: Vierter Geburtstag

Vier Stühle und ein Kinderstühlchen im Kreis um einen Tisch. Darauf eine Geburtstagstorte mit 4 brennenden Kerzen. An der Seite ein Portrait von Lucy. Axel kommt mit Donata an der Hand und führt das Mädchen zu seinem Stühlchen am Tisch. Die Männer stehen auf und singen „Happy birthday, dear Donata...". Donata bläst die Kerzen aus und öffnet die Geburtstagspäckchen. Die Männer setzen sich. Axel mit dem Rücken zum Publikum. Jedes Mal bedankt sie sich brav, fragt, von wem sie das hat, geht zu dem Betreffenden hin und gibt ihm einen Kuss.
(Falls nicht wirklich ein Kind mitspielen soll, stattdessen eine Puppe, die man für ein vierjähriges Mädchen halten kann. Für die Zuschauer sollte das aber auf den ersten Blick nicht erkennbar sein. Oder doch? Donatas Textteil wird von Lucy (leichter ausländischer Akzent. Die Sprecherin unsichtbar für die Zuschauer) von seitlich der Bühne gesprochen. Die Szene am Geburtstagstisch müsste dann ggf. ein wenig verändert werden.)

Axel (Designer) zu Donata: Hast du alle deine Geschenke ausgepackt?

Das Mädchen nickt.

Axel (Designer): Was war denn das schönste?

Donata zeigt mit einem Arm auf das Bild von Lucy.

Martin (Philosoph): Das hat dein Papa damals gemalt, als du noch gar nicht auf der Welt warst.

Sie beginnt zu weinen. Axel nimmt sie sich, setzt sie auf seinen Schoß und nimmt sie liebevoll in den Arm.

Axel (Designer): Was hast du denn?

Donata: In anderen Familien, da sind immer ein Papa *und* eine Mama.

Axel (Designer): Ja. Eigentlich sollte das so sein.

Donata, plötzlich redselig: Und wo kein Papa ist, da ist der entweder tot oder böse.

Axel (Designer): Tot oder böse?

Donata: Ja. Wenn er tot ist, dann war er früher lieb. Wenn er nicht tot ist, dann ist er böse. Das finde ich doof. Warum bleiben nicht die lieben Papas da und die bösen gehen tot? Das fände ich viel besser. Gell Papa, du gehst nicht tot!
Umarmt und küsst ihn. Dann hebt sie den Kopf und schaut Axel an.

Donata: Und meine Mama? Die war doch ganz, ganz lieb. Oder?

Axel (Designer): Ja, das ist sie.

Donata: Ist sie deshalb tot?

Axel (Designer): Mama ist nicht tot.

Donata: Sie ist doch lieb und ist nicht da.

Axel (Designer): Das stimmt. Sie ist lieb. Sogar sehr lieb. Und weil sie so lieb ist, hilft sie ihren alten schwachen Eltern in ihrem Dorf in Brasilien.

Donata: Warum?

Axel (Designer): Sie kocht für sie, wäscht die Wäsche und putzt deren kleines Häuschen.

Donata: Können die das nicht selber?

Axel (Designer): Nein, dafür sind sie zu alt.

Donata: Mama soll zu uns kommen.

Axel (Designer): Wenn sie von ihren Eltern wegginge, würden die nichts mehr zu essen bekommen und würden sterben.

Donata: Sind Mamas Eltern auch lieb?

Axel (Designer): Ja. Sehr lieb.

Donata: Dann sind sie bestimmt bald tot, und dann kommt Mama zu uns.
Axel drückt sie ganz fest an sich.
Kleine Pause.

Donata: Können wir die Kerzen noch einmal anmachen?

Axel (Designer): Klar, wenn Du willst!
Utz zündet die vier Geburtstagskerzen wieder an. Dann geht er mit Martin an den Bühnenrand.

Utz (Psychologe), Donata hat genau die Stimme ihrer Mutter!

Martin (Philosoph): Ist ja auch ihre Tochter.

Dani (Mediziner): Aber das mit dem fremdländischen Akzent dürfte eigentlich nicht sein.

Utz (Psychologe): Immerhin: Halbbrasilianerin.

Dani (Mediziner): Nee, ne. Geht gar nicht. Den Akzent würde Darwin nicht durchgehen lassen.

Utz (Psychologe): Hat aber irgendwie etwas.

Axel (Designer): Weckt schöne Erinnerungen.

Dani (Mediziner): Noch eine Schauspielerin wäre auch zu teuer gewesen.

Utz (Psychologe): Zuviel Aufwand für so eine kleine Rolle.

Martin (Philosoph): Und wer will so etwas schon spielen? Unsichtbar neben der Bühne!

Dani (Mediziner): Nee. Lass mal. Ich finde das eigentlich auch so sehr schön. Endlich mal wieder Lucy mit dabei.

Axel (Designer): Pst! Nicht dass die Kleine das hört!

17. Szene: Szene Lucy erscheint

Bühne wie eben. Immer noch eine Geburtstagstorte mit 4 brennenden Kerzen. Am Tisch das Kinderstühlchen. An der Seite das Portrait von Lucy.
Donata, vierjährig (von einer Puppe gespielt?) ist auf Axels Schoß eingeschlafen.
Es klingelt. Dani drückt den Türöffner. Da stürmt Lucy herein. Sehr schick.

Lucy: War ja nicht schwer, euch zu finden!

Die Vier wie aus einem Munde:

Alle: Lucy!

Donata wacht auf. Sieht Lucy. Schaut auf das Bild, dann wieder auf Lucy: Mama!

Lucy stürzt auf das Kind zu

Lucy: Da ist sie ja, meine kleine Donna!

Nimmt sie sich, drückt sie und fängt an zu heulen.
Alle sitzen wie versteinert da. Als sie sich wieder fasst:

Lucy: Du hast mir so gefehlt, meine Kleine!

Donata: Bleibst du jetzt bei uns?

Lucy: Nein. Du kommst mit mir nach Brasilien. Dein Vater kann auch mitkommen, wenn er will. Fänd ich toll.

Zeigt auf Axel.

Utz, Martin und Dani wie aus einem Munde: Axel?

Utz (Psychologe): Axel? Bist du dir da sicher?
Lucy: Klar. Er ist doch der Vater.
Martin, Utz und Dani wie aus einem Munde: Axel?
Lucy: Steht so in den Papieren. Von mir aus auch ein anderer von Euch. Oder alle Vier. Egal. Ihr seid alle in Ordnung. Schließlich war ich in euch alle verliebt, damals. Wer der biologische Vater ist, ist doch egal. Ließe sich aber leicht feststellen. So zum Beispiel.
Lucy geht herum und reißt blitzschnell jedem ein Haar aus.
Die Männer springen auf. Protestieren lautstark.
Alle durch einander:
Dani (Mediziner): Du kannst nicht einfach eine DNA...
Utz (Psychologe): Nicht gegen unseren Willen.
Martin (Philosoph): Wir sind doch alle ihr Vater!
Dani (Mediziner): Außerdem machst du dich strafbar.
Lucy: Na wenn schon. Kleine Geldstrafe für die Wahrheit. Was bedeutet schon Geld?
Axel (Designer): Hast du geerbt?
Lucy: Erben tun nur die Reichen. Hast du schon mal gehört, dass eine arme Ausländerin erbt? Oder ein Obdachloser? Oder ein Asylant? Oder sonst jemand, der es dringend gebrauchen könnte?
Utz (Psychologe): Gut. – Das heißt, *schlecht* eigentlich. Aber trotzdem: Uns Donata wegnehmen, das geht nicht. Wir haben geschworen, dass das nie geschehen soll. Du darfst die Kleine nicht entwurzeln.
Lucy: Ihr habt sie entwurzelt. Und mich dazu. Sie hat keine Mutter. Und ich bin die Mutter und ihr habt mein Kind. Ich ertrage es nicht mehr. - Ihr könnt ja mitkommen.
Utz (Psychologe): Wir mitkommen? Wie stellst du dir das vor? ~~Das geht doch überhaupt nicht.~~
~~Lucy: Wenn ich mit ihr allein reise, brauche ich die Papiere und die Zustimmung des Vaters, sonst kommen wir nicht über die Grenze.~~
~~Utz (Psychologe): Kriegst du. Aber keinen DNA-Test.~~
~~Utz streckt die Hand nach den Haaren aus.~~
~~Lucy: OK. Vertrauen gegen Vertrauen.~~

~~Lucy wirft die Haare weg.~~

Axel (Designer): **Warum bleibst du eigentlich nicht hier?**

Lucy zögert. Antwortet nicht gleich.

Utz (Psychologe): **Ist da ein neuer Mann?**

Lucy schüttelt den Kopf, schaut Axel an. Verlegen weiter.

Lucy: **Nein. Brauche ich auch nicht. Es ist etwas anderes.**

Sie überlegt. Die anderen schauen sie erwartungsvoll an.

Lucy: **Meine Heimat ist drüben. Ich bin ein Teil von unserem Dorf. Bin da jetzt zu Hause. Da ist mein Laden. Da gehöre ich hin.**

Axel (Designer): **Hast du dich bei uns nicht zu Hause gefühlt?**

Dani (Mediziner): **Wenn wir zusammenlegen, wir könnten dir auch hier einen Frisiersalon einrichten.**

Lucy: **Es war toll bei euch und mit euch. Ihr habt mir wieder auf die Beine geholfen, damals. Plötzlich hatte ich wieder Freunde. Ich hab mich wirklich wohlgefühlt bei Euch. Es war eine gute Zeit. Aber..**

Axel (Designer): **Aber?**

Lucy: **Erst als ich wieder drüben war, merkte ich, dass ich jahrelang in einem Käfig gelebt hatte.**

Axel (Designer): **Du warst doch frei!**

Lucy: **Ja. Und gut versorgt. Stimmt. Ein großer Käfig. Riesig groß. Ein goldener Käfig, der alles vergessen ließ. Aber als ich in meinem Dorf aus dem Bus stieg, die Wärme der brasilianischen Sonne fühlte, die Luft meiner Heimat atmete, meine Muttersprache hörte, spürte ich, wie mir Flügel wuchsen und ich endlich wieder richtig fliegen konnte. Ich glaube, das könnt ihr nicht verstehen.**

Utz (Psychologe): **Und jetzt? Fühlst du dich bei uns wieder im Käfig?**

Lucy: **Auf dem Flug hierher glaubte ich es nicht. Ich konnte ich es mir nicht vorstellen. Aber es ist so. Ich hüpfe vor Freude, euch wiederzusehen** (umarmt sie alle)**, mit euch in eurer Sprache zu reden, die ich auch liebe. Aber ich hüpfe nur. Ich fliege nicht. Der Käfig ist wieder da. Eine riesige Voliere, vielleicht noch größer als damals, das Tor ist sogar offen. Aber es ist ein Käfig. Und das wird so bleiben, bis ich wieder in meinem Dorf bin. Kommt mit mir, und ihr werdet mich fliegen sehen.**

Nach einer Pause:
Utz (Psychologe): **Meinst du, in ein brasilianisches Dorf passen domestizierte hüpfende deutsche Männer?**
Schweigen.
Lucy: **War nur so ein Gedanke.**
Dann Axel zaghaft:
Axel (Designer): **Man muss auch träumen können.**
Utz (Psychologe): **Eigentlich ein schöner Traum.**
Axel (Designer): **Irgendwie müsste ja auch endlich mal wieder etwas Besonderes passieren.**

18. Szene: Abschied

Bühnenbild: Vorraum mit 4 Türen. Ein leerer zusammengeklappter Kinderwagen.
Utz hat Lucy und Donata zum Flieger gebracht. Dani und Martin stehen im Raum. Utz kehrt allein zurück. Die beiden schauen ihn neugierig an.
Dani (Mediziner): **Haben sie den Flieger noch erreicht?**
Utz (Psychologe): **Sie sind in den Lüften.**
Martin (Philosoph): **Alles ist gut.**
Utz (Psychologe): **Axel ging das wohl ziemlich nahe.**
Daniel nickt.
Martin (Philosoph): **Wo ist Axel überhaupt?**
Utz zuckt resigniert mit den Achseln. Zeigt auf Axels Tür.
Utz (Psychologe): **Er war auf einmal weg. Ist er nicht hier?**
Dani (Mediziner): **Nicht, dass ich wüsste.**
Martin (Philosoph): **Ist er am Ende...?**
Martin bleibt der Satz im Halse stecken
Utz (Psychologe): **Sie hatten zwei große Rollenkoffer. Einen roten und einen schwarzen. Den schwarzen hat Axel bis zum Check-in gezogen.**
Nachdenkliche Pause. Axel kommt während der letzten Worte langsam dazu.
Axel (Designer): **Der eine war von Donata, der andere von Lucy.**
Martin (Philosoph) erleichtert: **Alles ist gut.**
Alle vier setzen sich.
Axel (Designer): **Martin hat schon recht. Ist schwer für mich. Ich meine – ich als Donatas Vater...**
Martin (Philosoph) zu Axel: **Bild dir das bloß nicht ein, du Papiertiger!**
Dani (Mediziner): **Tiger oder Papiertiger. Ist doch egal.**
Pause, dann nachdenklich weiter:

Axel (Designer): Immerhin trägt Donata meinen Namen. Und wer weiß...?.

Dani (Mediziner) springt auf, will antworten. Aber Utz drückt ihn zurück in den Stuhl und beruhigt ihn. Axel hat die Hände vor dem Gesicht. Man könnte vermuten, er heult.

Utz (Psychologe): Stimmt schon. Trifft ihn am meisten. Verliert gleichzeitig Frau und Kind. Das hat ihn einfach aus der Bahn geworfen.

Martin (Philosoph), zitiert: *„Zur Geworfenheit gehört, dass das Dasein, solange es ist, was es ist, im Wurf bleibt."*

Alle gucken ratlos zu Martin. Nachdenkliche Pause.

Axel (Designer) fasst sich wieder: Sagt mal, da in Brasilien macht man doch sicher auch Hochzeitsbilder. Oder?

Keine Antwort.

Stattdessen:

Dani (Mediziner): Und Ärzte braucht man in jedem Land, selbst im finstersten Anatolien. Brauchen eigentlich alle.

Martin (Philosoph) zitiert: *„Das Man, das kein Bestimmtes ist, und das Alle, obzwar nicht als Summe, schreiben die Seinsart der Alltäglichkeit vor."* Und überhaupt: Meint Ihr nicht auch? Philosophieren könnte ich doch eigentlich überall.

Dani (Mediziner): Klar. Deinen Heidegger versteht *hier* schon keiner. Da macht das bisschen Sprachbarriere auch den Kohl nicht fett.

Utz (Psychologe): Kindchenschema[14]., - fährt fort in pastoralem Otto-Wort-des-Sonntags-Ton: - Aber ist es nicht so, lieben Brüder und Schwestern, wenn wir tief in unsere Herzen schauen, dieses Gefühl, diese Liebe, ist sie nicht ein wenig in uns allen...?

19. Szene: Schlussbild 01

Die folgenden fünf Schlussszenen sind nicht als eigentliche Szenen gedacht sondern als Ausklang des Stückes und Hinweis auf das Altern und Vergreisen der vier Männer. Sie sollten am besten in einem kontinuierlichen Auf und Ab der Helligkeit gezeigt werden: Beginnend mit Dunkelheit, dann jeweils zu Szenenbeginn langsam heller und bei den letzten Worten jeder Szene wieder langsam dunkel und so fort. Ausnahme Szene 04: Wegen Donatas Besuch bleibt es da natürlich etwas länger hell.

Erst dunkel, dann langsam Licht.

Bühnenbild wie bei der ersten Geburtstagsszene: Vier Stühle und ein Kinderstühlchen im Kreis um einen Tisch. Darauf eine Geburtstagstorte mit 5 brennenden Kerzen. Drei sitzen schon am gedeckten Tisch. Axel kommt aus seinem Zimmer dazu.

Axel (Designer), sieht auf die Uhr: **Es wird Zeit. 22 Uhr soll Schluss sein. Steht so im Programm.**
An die Zuschauer gewandt
Axel (Designer): **Stimmt's?**
Schaut in den Zuschauerraum. Erwartet eine Reaktion. Wendet sich dann wieder zu seinen Freunden.
Axel (Designer): **Ich hasse Unpünktlichkeit. Und Geburtstagsfeiern so wie so. Also lasst es uns kurz machen!**
Axel setzt sich zu den anderen.

20. Szene: Schlussbild 02

Erst dunkel, dann langsam Licht. Alles Vier sitzen wie in der vorigen Szene. Aber alle etwas älter (andere Kleidung Dicker? Perücken? Soll die Regie entscheiden). Auf dem Tisch eine Geburtstagstorte mit 10 brennenden Kerzen.

Utz (Psychologe): **Zehn Jahre.**
Martin (Philosoph): **Zehn Jahre was?**
Utz (Psychologe): **Donata.**
Martin (Philosoph): **Donata? Ist sie tot?**
Utz (Psychologe): **Hat Geburtstag.**
Martin (Philosoph): **Geburtstag? Wer?**
Utz (Psychologe): **Donata.**
Martin (Philosoph): **Weiß ich doch.**
Axel (Designer): **Nichts los.**
Dani (Mediziner): **Zeit, dass was passiert!**
Die anderen nicken träge.
Axel (Designer): **Höchste Zeit.**
Martin (Philosoph): **Sag ich doch.**

21. Szene: Schlussbild 03

Etwas kürzer dunkel, dann langsam, aber etwas schneller als eben, Licht. Alles wie der letzten Szene. Axel fehlt. Auf dem Tisch eine Geburtstagstorte mit 15 brennenden Kerzen. Aber alle Drei noch etwas älter (andere Kleidung Dicker? Glatze? Graue Perücken?).

Martin (Philosoph): Nichts los.
Dani (Mediziner): Doch.
Martin (Philosoph): Wie meinst du das?
Dani (Mediziner): Geburtstag.
Martin (Philosoph): Und Axel?
Dani (Mediziner): Kommt morgen wieder.
Martin (Philosoph): Nichts los.
Utz (Psychologe): Zeit, dass endlich wirklich mal was passiert!
Martin (Philosoph): Sag ich doch.

22. Szene: Schlussbild 04

Noch etwas kürzer dunkel, dann langsam, aber noch schneller als eben, Licht. Axel ist wieder dabei. Auf der Torte 18 Kerzen. Sonst alles wie der letzten Szene. Aber alle noch etwas älter (andere Kleidung Dicker? Perücken?). Utz schwerhörig. Dani mit Glatze. Auf dem Tisch eine Geburtstagstorte mit 18 brennenden Kerzen.

Martin (Philosoph): Nie was los.

Dani (Mediziner): Was soll denn los sein?

Martin (Philosoph): Wie meinst du das?

Eine Frau wie Lucy tritt auf die Bühne. Wie sich später zeigt, ist es aber Donata. Dani dreht sich erstaunt nach ihr um.

Dani (Mediziner): Da! Es passiert was!

Utz (Psychologe) legt die Hand horchend ans Ohr: Ich hör nichts.
Trommelwirbel.
Axel, Dani und Martin springen auf und gehen auf sie zu. Utz schaut ihnen ungläubig nach.

Alle drei wie aus einem Munde: Lucy!

Donata: Nein. Aber Mama lässt schön grüßen.
Donata begrüßt die drei. Geht zu Utz zu und begrüßt auch ihn. Allgemeine Freude.

Dani (Mediziner): Was ist mit Lucy? Ist sie krank?

Donata: Alles gut. Aber sie wollte nicht mit.

Dani (Mediziner): Ist sie uns böse?

Donata: Im Gegenteil. Aber sie will, dass ihr sie so in Erinnerung behaltet wie sie damals war.

Donata weiter, nach einer kleinen Pause: Und auch *sie* möchte, *euch* so in Erinnerung behalten wie ihr damals wart.

Dani (Mediziner) nimmt einen Handspiegel von der Wand und betrachtet sich. Streicht sich über die Glatze:

Dani (Mediziner): Verständlich.

Axel (Designer) zu Donata: Schön, dass du endlich mal gekommen bist.

Donata: Wo ich doch heute mündig werde.

Axel (Designer): Meine Tochter mündig!

Utz (Psychologe), Hand am Ohr, um besser zu verstehen: Was sagst du?

Donata, zu Utz, lauter: Hab heute Geburtstag. Werde 18.

Martin (Philosoph) zeigt auf die Geburtstagskerzen: 18 Jahre sagt sie? Wie unsere Kleine. – Wie es der wohl gehen mag?

Dani (Mediziner): Ja ja. Musste ja irgendwann mal wieder was passieren.

Martin (Philosoph): Besser als Skiunfall.

Axel (Designer): Sag ich doch.

Axel geht an Donata heran und nimmt heimlich ein langes Haar von ihrer Jacke und steckt es mit einer Pinzette in eine durchsichtige Plastikhülle.

23. Szene: Schlussbild 05

Etwas kürzer dunkel, dann langsam, aber etwas schneller als eben, Licht. Alles wie der letzten Szene. Aber alle noch erheblich älter (andere Kleidung Dicker? Weiße Perücken?). Martin im Rollstuhl. Auf dem Tisch eine Geburtstagstorte mit 40 (!) brennenden Kerzen.

Axel (Designer): Nichts los.

Martin (Philosoph): Das Nichts nichtet.

Axel (Designer): Sag ich doch.

Dani (Mediziner): Zeit, dass endlich mal wieder was passiert!

Utz (Psychologe), Hand am Ohr, um besser zu verstehen: Was sagst du?

Dani (Mediziner) laut: Zeit, dass endlich mal wieder was passiert!

Utz (Psychologe): Rasiert? Wer? Versteh nicht. Du nuschelst.

Dani (Mediziner), brüllt Utz ins Ohr: Zeit, dass endlich mal wieder was passiert!

Utz (Psychologe): Sagtest du doch gerade.
Utz denkt nach.

Dani (Mediziner) zu Martin: Suchst du deinen Rollstuhl?

Axel (Designer): War Martin wieder zum Skilaufen?

Martin (Philosoph), verärgert: Immer ich! Kann nicht mal ein anderer?

Dani (Mediziner) laut: Ist nun mal seiner.
Axel schaut auf die Uhr.

Axel (Designer): Kommt da noch was?

Dani (Mediziner): Weiß nicht.

Utz (Psychologe): Sind wir noch im Stück?

Martin (Philosoph): Welches Stück?

Dani (Mediziner): Donata sagt ihr?

Martin (Philosoph), auf Dani zeigend: Was ist denn mit *dem* los?

Utz (Psychologe): Versteh nicht. Der nuschelt.

Axel (Designer), zuckt die Achseln: Nichts mehr los mit denen.

Martin (Philosoph): Das Nichts nichtet

Dani (Mediziner): Echt dirty.

Axel (Designer): Sag ich doch.
Licht geht langsam aus. Ende des Stücks.
Nach dem ersten Applaus gehen alle von der Bühne und kommen bei (hoffentlich anhaltendem) Applaus einzeln wieder auf die Bühne.

24. Szene: Abspann

Schauspieler treten einzeln zum Empfang von Applaus auf die Bühne, schlagen, um Ruhe zu bekommen, mit einem Löffel an ein Glas, sagen einen Satz, verbeugen sich, gehen zur Seite, um dem nächsten Platz zu machen:

Lucy/Donata: **Schön, dass ich noch gekommen bin!**

Dani (Mediziner), überdeutlich skandierend: **Ut desint viri, tamen est laudanda voluptas**[15]

Schaut sich Applaus heischend im Publikum um und fährt resigniert fort:
Wohl keine Altphilologen dabei heute.

Utz (Psychologe): **Was kein Verstand der Verständigen sieht** (erwartungsvolle Pause) - **das finden *wir* auch nicht.**

Axel (Designer) reißt einen Klinik-Umschlag auf, liest, Triumphgeste, klopft sich auf die Brust, strahlt. Zeigt dem Publikum triumphierend den Bescheid mit dem DNA-Test-Ergebnis.

Axel (Designer): **Nix Papiertiger!**
Verbeugen sich, gehen ab.

Warten erneuten Applaus ab und treten dann wieder vor: sagen jeweils einen Satz, verbeugen sich, gehen zur Seite, um dem nächsten Platz zu machen:

Lucy/Donata: **Im Dasein-Sein ist Sein nur Schein, denn Schein ist klein, so scheint's zu sein...**

Dani (Mediziner) winkt ab und unterbricht sie.
Lucy spricht aber leise weiter bis Dani und Utz ausgeredet haben

Dani (Mediziner): **Sunt pueri, pueri ...**

Utz (Psychologe): **Ich bin am Ende meines Lateins**

Lucy/Donata: **Ich möchte sagen: ja und nein.**

Axel (Designer): **Sag ich doch**

Bei den folgenden Worten von Martin und Utz verlischt langsam das Bühnenlicht. Der Vorhang, falls vorhanden, fällt.

Martin (Philosoph)[16]: *Kausalität ist als gründend in der menschlichen Freiheit zu denken und die eigentliche ontologische Dimension der Freiheit wird erst erreicht, wenn Freiheit als Bedingung der Möglichkeit der Offenbarkeit des Seins des Seienden, d.i. des Seinsverständnisses, gedacht ist."*

Utz (Psychologe) kopfschüttelnd: **Der nuschelt.**

Ende

Anmerkungen

[1] Schlusssatz des Romans „Effi Briest" von Theodor Fontane: Effis Vater äußert darin die Worte: „Ach Luise, lass ... das ist ein *zu* weites Feld."

[2] **Heidegger, Martin: Vom Wesen der menschlichen Freiheit**
Einleitung in die Philosophie (Sommersemester 1930)
Herausgegeben von Hartmut Tietjen
Zitat aus den Bemerkungen des Herausgebers: "Ein kurzer Schlussteil deutet demgegenüber an, dass und wie umgekehrt Kausalität als gründend in der menschlichen Freiheit zu denken ist und die eigentliche ontologische Dimension der Freiheit erst erreicht wird, wenn Freiheit als Bedingung der Möglichkeit der Offenbarkeit des Seins des Seienden, d. i. des Seinsverständnisses, gedacht ist.

[3] Der französische Ausdruck Écriture automatique (dt.: Automatisches Schreiben, Automatischer Text) bezeichnet eine Methode des Schreibens, bei der Bilder, Gefühle und Ausdrücke (möglichst) unzensiert und ohne Eingreifen des kritischen Ich wiedergegeben werden sollen. Unter Verzicht auf Absichtlichkeit und Sinnkontrolle dürfen sowohl Sätze, Satzstücke, Wortketten, als auch einzelne Wörter geschrieben werden. Was ansonsten in Hinsicht auf Orthografie, Grammatik oder Interpunktion als fehlerhaft gilt, kann unter diesen Bedingungen erwünscht und zielführend sein. Wichtig ist allein die Authentizität des Einfalls.
Die Surrealisten propagierten diese schriftstellerische Form der Freien Assoziation als eine neue Form der Poesie und der Experimentellen Literatur. Quelle: Wikipedia

[4] W. v. Goethe, Tasso: Prinzessin: *„Erlaubt ist, was sich ziemt"*. Tasso: *„Erlaubt ist, was gefällt"*.

[5] Die **Fettecke** war ein Kunstwerk des deutschen Künstlers Joseph Beuys. Beuys brachte am 28. April 1982 in einer Ecke seines Ateliers *Raum 3* im Hauptgebäude der Düsseldorfer Kunstakademie ca. zwei Meter unterhalb der Raumdecke fünf Kilogramm Butter[1] an. Anlass der Installation waren der für den darauffolgenden Tag vorgesehene Empfang von Lama Sogyal Rinpoche, dem Bevollmächtigten des Dalai Lamas in Europa, und ein Seminar der FIU.[2][3] In der Folgezeit diente die Plastik „als ständiges Demonstrationsobjekt".[4]

Das Ende der Fettecke (wikpedia)
Der Hausmeister der Kunstakademie Düsseldorf[5] entfernte 1986 das Fett, etwa neun Monate nach Beuys' Tod.[6] Johannes Stüttgen beanspruchte das Eigentum an dem Werk, da Beuys seine Kunstaktion mit den Worten „Johannes, jetzt mache ich dir endlich deine Fettecke"

begonnen habe. Am 9. Oktober 1986 entdeckte Stüttgen „die völlig zerstörte Fettecke" in einem großen Abfalleimer der Kunstakademie und konservierte sie unter der Bezeichnung „Reste einer staatlich zerstörten Fettecke". Es kam zu einem Prozess, bei dem insbesondere sachenrechtliche Fragen der Übereignung, der Verbindung mit einem Grundstück und der Verarbeitung (§§ 929 ff., §§ 946 ff. und § 950 BGB) eine Rolle spielten.[7] Das Land Nordrhein-Westfalen zahlte an ihn in einem Vergleich in zweiter Instanz 40.000 DM Schadensersatz.

Es war der zweite Fall, in dem ein Kunstwerk von Beuys nicht als solches erkannt und zerstört wurde. Bereits am 3. November 1973 war bei einem geselligen Abend im SPD-Ortsverein Leverkusen-Alkenrath eine mit Heftpflaster und Mullbinden versehene Badewanne gereinigt und zum Gläserspülen verwendet worden. Auch in diesem Fall soll ein Schadenersatz von 58.000 DM[8] gezahlt worden sein (siehe: Joseph Beuys' Badewanne). Dieses Ereignis war Gegenstand einer Fernsehwerbung für ein Putzmittel und wird häufig mit der Zerstörung der Fettecke verwechselt.[9][10]

Das Ende der Fettecke machte dieses Werk zu einer der bekanntesten Arbeiten des Künstlers. Die Arbeit wirkte provozierend auf einen großen Teil der Gesellschaft und führte zu Kontroversen über die Frage, was als Kunst angesehen werden könne.

Beuys selbst äußerte sich mit den Worten: „Eine Fettecke ist ja nicht deswegen gemacht, um einen Tisch mit Fett zu beschmieren, sondern eine Fettecke ist deswegen gemacht, um als Fettecke im Gegensatz zu stehen zu anderen Prozessen, die ein solches plastisches, anfälliges Material macht, in Raum und Zeit, also gerade die Sachen mit Fett erheben einen großen Anspruch auf Theorie. Und diese Theorie ist natürlich vielleicht nicht immer da, wenn Menschen im Museum so eine experimentelle Anordnung sehen."[11]

Rezeption[Bearbeiten]

„Beuys hat sehr einfache Materialien verwendet und in einen ungewöhnlichen Zusammenhang gestellt: einen Besen, ein Bürstchen, ein Stückchen Ton, eine Kordel, oder Fett und Filz. Man muss viel darüber nachdenken, warum er die Dinge auf diese Weise zusammengeführt hat. Bei Beuys findet man die Nachdenklichkeit des am Niederrhein aufgewachsenen ländlichen Menschen verdichtet zu einer meditativen Qualität, auf die man sich einlassen muss. Das braucht Zeit, die viele nicht aufwenden wollen …

[6] **Rudolf Karl Bultmann** (* 20. August 1884 in Wiefelstede; † 30. Juli 1976 in Marburg) war ein deutscher evangelischer Theologe und Professor für Neues Testament. Bekannt wurde er durch sein Programm der Entmythologisierung der neutestamentlichen Verkündigung. Seine Auffassungen wurden von der Systematischen Theologie und der Philosophie aufgegriffen.

[7] Heideggerzitat

[8] Machito & His Afro Cuban Orchestra – „Si Si, No No" canta Graciela

[9] Der Begriff **Ehrenmord** bezeichnet die Tötung bzw. Ermordung (siehe vorsätzliches Tötungsdelikt) eines Mitglieds der Familie des Täters zur Abwendung einer ihm oder seiner Familie drohenden oder bereits zugefügten, als solche aufgefassten gesellschaftlichen Herabsetzung aufgrund der Verletzung gesellschaftlicher Verhaltensregeln vonseiten der ermordeten bzw. zu ermordenden Person.
Quelle: Wikipedia

[10] Friedrich Schiller, Worte des Glaubens: „... und was kein Verstand der Verständigen sieht, das übet in Einfalt ein kindlich Gemüt."

[11] Manuela Schwesig leitet das Bundesfamilienministerium. Die gelernte Finanzwirtin war von 2008 bis 2011 Sozialministerin und von 2011 bis 2013 Arbeitsministerin in Mecklenburg-Vorpommern. Sie wurde 1974 in Frankfurt/Oder geboren.

[12] Erzbischof Dr. Robert Zollitsch wurde am 9. August 1938 in Philippsdorf (Filipovo, im ehemaligen Jugoslawien) geboren. Er wurde am 27. Mai 1965 in Freiburg zum Priester geweiht. Am 16. Juni 2003 ernannte Papst Johannes Paul II. ihn zum Erzbischof von Freiburg. Am 20. Juli 2003 wurde er von Erzbischof em. Dr. Oskar Saier zum Bischof geweiht und in sein Amt als 14. Erzbischof von Freiburg eingeführt. Sein Wahlspruch lautet: „In fidei communione" (In der Gemeinschaft des Glaubens) Papst Franziskus hat mit Wirkung vom 16. September den nach der Altersgrenze von 75 von Erzbischof Zollitsch eingereichten Rücktritt angenommen. Zugleich hat der Papst Robert Zollitsch bis zum Amtsantritt eines Nachfolgers zum Apostolischen Administrator des Erzbistums Freiburg ernannt. Papst Franziskus hat zudem entschieden, dass Erzbischof Dr. Zollitsch abweichend von Art. 29 Abs. 3 des Statuts der Deutschen Bischofskonferenz das Amt des Vorsitzenden der Deutschen Bischofskonferenz bis zum Ende der Amtsperiode fortführt.
Quelle: Publikation der Deutschen Bischofskonferenz

[13] Die Fernsehsendung **Wa(h)re Liebe** wurde von 1994 bis 2004 regelmäßig donnerstagabends auf VOX ausgestrahlt. Als Moderatorin fungierte Lilo Wanders, eine durch den Schauspieler Ernie Reinhardt dargestellte Kunstfigur. Die Sendung behandelte fast ausschließlich Themen der Sexualität.
Die Moderatorin Lilo Wanders avancierte zum Kultstar und ging des Öfteren mit ihrer Sendung auf Deutschland-Tournee. Auch im Ausland wurden einige Sendungen aufgezeichnet, so zum Beispiel in Ungarn und Italien.

[14] Das **Kindchenschema** bezeichnet die bei Menschen und bei vielen höheren Tierarten vorkommenden kindlichen Proportionen, die als Schlüsselreiz wirken und Fürsorgeverhalten und Kümmerungsverhalten

auslösen, wodurch gerade im Tierreich gewährleistet ist, dass sich die Eltern um ihre Jungen kümmern, sie beschützen und großziehen. Die Evolution der höheren Arten verlangte bei der lange dauernden Großzucht zur Selbständigkeit einen Mechanismus, um die Eltern an das Kind zu binden. Quelle: Wikipedia

[15] Original: Wenn auch die Kräfte (vires) fehlen, ist dennoch der gute Wille (voluntas) zu loben.
Verhohnepipelung: Wenn auch die Männer (viri) fehlen, ist dennoch die Begierde (voluptas) zu loben.
Genauer (Wikipedia):
Voluptas (lateinisch „Lust", „Vergnügen", „Genuss") ist in der römischen Mythologie die Personifikation der Lebenslust und sexuellen Lust. Die Entsprechung der Voluptas in der griechischen Mythologie ist Hedone.
Bekannt ist sie vor allem aus der Erzählung von Amor und Psyche, die Apuleius in seinen Roman *Metamorphosen* eingebettet hat. Nach Apuleius ist Voluptas die Tochter von Psyche und Amor

[16] Oder: "Der Zweck, der den Zweck hat, den Zweck, den er zu bezwecken hat, zu bezwecken, hat den Zweck, dass er den Zweck, den er bezwecken soll, bezweckt, Wenn aber der Zweck, der den Zweck hat, den Zweck, den er zu bezwecken hat, zu bezwecken, diesen Zweck nicht bezweckt, --- dann hat der Zweck keinen Zweck."
Oder: Heidegger[16]: „Das Man, das kein Bestimmtes ist, und das Alle, obzwar nicht als Summe, sind, schreibt die Seinsart der Alltäglichkeit vor."
„Zur Geworfenheit gehört, dass das Dasein, solange es ist, was es ist, im Wurf bleibt."

In der Reihe Bordesholmer Edition erschienen:
Stand: Dezember 2015

Bd. 1: Das Grab auf der Insel
Der erste Bordesholmkrimi
von Jürgen Baasch, Lydia Glaubke, Charlotte Günther,
Ines Reich und Hartmut Wiedling
ISBN 978-3-8448-0006-7　　　　　172 Seiten　　　　Preis 9,90€

Bd. 2: De Borsholmer Jedemann
Hugo v. Hofmannsthal sien Stück,
in`t Plattdüütsche sett vun Jürgen Baasch
ISBN 978-3848-21806-6　　　　　128 Seiten　　　　Preis 8,90€

Bd. 3: Das Licht
und andere Erzählungen
von Jürgen Baasch, Kirsten Frahm,
Viktor Vogt und Hartmut Wiedling
ISBN 978-3848-22711-2　　　　　136 Seiten　　　　Preis 8,90€

Bd. 4: Krimidinner
Kriminalroman
von Hartmut Wiedling
ISBN 978-3848-21971-1　　　　　260 Seiten　　　　Preis 14,90€

Bd. 5: Schmalsteder Beifang
Der zweite Bordesholmkrimi
von Jürgen Baasch, Silvia Biener, Charlotte Günther,
Diana Kühl und Hartmut Wiedling
ISBN 978-3-8482-2419-7　　　　　164 Seiten　　　　Preis 9,90€

Bd. 6: Murmelspiel und Schabernack
Alltagsgeschichten aus unserer Nachkriegskinderzeit
Biografische Reihe, Hrsg. Jürgen Baasch
ISBN 978-3848241415　　　　　168 Seiten　　　　Preis 10,90€

Bd. 7: Biografische Splitter
Biografische Reihe, Hrsg. Elmer Schmidt und Jürgen Baasch
Erzählungen
ISBN 978-3-7322-3098-3　　　　　138 Seiten　　　　Preis 9,90€

Bd. 8: Doppelbilder - Vier Paare, acht Geschichten und ein Gastspiel
9 Erzählungen
von Hartmut Wiedling
ISBN 978-3842-34211-8　　　　　136 Seiten　　　　Preis 8,90€

Bd. 9: Ein Haus wird Hundert
Geschichten zur Geschichte

von Franz Rohwer
ISBN 978-3732-25457-6   88 Seiten   Preis 8,50€

Bd. 10: Lotosblüte
Der dritte Bordesholmkrimi
von Jürgen Baasch, Kirsten Frahm, Charlotte Günther,
und Hartmut Wiedling
ISBN 978-3732-28658-4   176 Seiten   Preis 9,90€

Bd. 11: Rezepte für die faule Hausfrau
Kleines Kochbüchlein ohne Anspruch auf Michelinsterne
von Durannimo von der Wied
ISBN 978-3732-28628-7   52 Seiten   Preis 3,90€

Bd. 12: Letztes Jahr
Satirischer Endzeitroman
von Hartmut Wiedling
ISBN 978-3-7322-8940-0   156 Seiten   Preis 9,90€

Bd. 13: Krimiwanderungen
Auf den Spuren der Bordesholmkrimis
von Jürgen Baasch, Kirsten Frahm, Charlotte Günther,
und Hartmut Wiedling
ISBN 978-3-7357-5979-5   52 Seiten   Preis 4,90€

Bd. 14: Wenn Papa lange wegfährt
Ein Bilderbuch für Kinder
Von Kristina Dohrn
ISBN 978-3-7357-2308-6   24 Seiten   Preis 13,90€

Bd. 15: Odile
Erzählung
von Hartmut Wiedling
ISBN 978-3-7357-1940-9   84 Seiten   Preis 7,90€

Bd. 16: Klosterbrut
Gesellschaftspolitischer Zukunftsroman
von Hartmut Wiedling
ISBN 978-3-8370-8979-0   208 Seiten   Preis 10,90€

Bd. 17: Die Seminaristin
Der vierte Bordesholmkrimi
von Jürgen Baasch, Kirsten Frahm, Charlotte Günther,
und Hartmut Wiedling
ISBN 978-3-7357-7074-5   184 Seiten   Preis 9,90€

Bd. 18: Lichtungen
Gedichte und Kurzgeschichten

Von Martin Schmusch
ISBN 978-3-7347-5811-9   92 Seiten   Preis 7,90€

Bd. 19: Nordlicht
Heimatgeschichten
Biografische Reihe
Herausgegeben von Jürgen Baasch
ISBN 978-3-7357-7572-6   180 Seiten   Preis 9.90€

Bd. 20: Vier Männer - Bühnenstück
von Hartmut Wiedling
ISBN 978-3 7392 2747 4   76 Seiten   Preis 5,90€

Bd. 21: Von Mensch & Tier, Musikern und Gottesdienern
77 Limericks von Michael Struck
77 Bildericks von Dieter Stolte
ISBN 978-3-7375-1943-4   78 Seiten   Preis 9,90€

Bd. 23: Halleluja Sakra
Das Muthenberger Missgeschick mit den Gebeinen
Eine historische Mühbrooker Heimatgeschichte
von Detlef Tanneberger
ISBN 978-3-7357-5643-5   236 Seiten   Preis 11,95€

Bd. 24: Giftwasser
Der fünfte Bordesholmkrimi
von Jürgen Baasch, Elmer Schmidt und Henning Thomsen
ISBN 978-3-7392-0249   208 Seiten   Preis 9,90€

Bordesholmer Edition
Eine Reihe für Autoren von Bordesholm und Umgebung
Herausgeber: J. Baasch und H. Wiedling
Bordesholmer.edition@yahoo.de

Herstellung und Verlag:
BoD - Books on Demand, Norderstedt
ISBN 978-3-7392-2747-4